Kaffeehörner
Zwischengeschichten

Georg Gehlhoff

Kaffeehörner
Zwischengeschichten

Georg Gehlhoff:

Kaffeehörner. Zwischengeschichten

Die Geschichten in diesem Buch wurden nach dem
5. November 2024 geschrieben. Nur *Erich* ist bereits
2022 entstanden.

Verlag: BoD · Books on Demand GmbH,
Überseering 33, 22297 Hamburg, bod@bod.de

Druck: Libri Plureos GmbH,
Friedensallee 273, 22763 Hamburg

Dank an meine Schwester

Coverfoto: © Georg Gehlhoff (2025)

Satz und Umschlaggestaltung: Georg Gehlhoff

© Georg Gehlhoff. Alle Rechte vorbehalten.

ISBN: 978-3-7693-4994-8

Erstauflage: twentyventietfünf

Carola und Giovanni gewidmet

Es geht bunt alles über Ecke mir.

Heinrich von Kleist, *Der zerbrochene Krug*

Großvaters Rückkehr

Liebst du mich, fragte Großvater seine Frau, als sie noch jung und kinderlos waren. Ich trinke, also bin ich, erwiderte Großmutter, ohne auf seine Frage einzugehen, und trank das Glas Wasser aus, das er vor sie auf den Tisch gestellt hatte. Auf einmal erblasste ihr Gesicht. Sie sank wie ein Sack, den man unvermittelt fallen ließ, zu Boden und war tot. In dem Glas Wasser sei ein starkes Gift gewesen, stellte der Gerichtsmediziner bei der Obduktion fest. Großvater wurde des Mordes angeklagt und zu einer lebenslangen Haftstrafe verurteilt. Im Gefängnis spielte er Schach mit seinem Enkelsohn, der dort als Justizbeamter arbeitete. Nach 15 Jahren wurde Großvater wegen guter Führung entlassen. Er ging nach Hause. Großmutter hatte Spaghetti mit Tomatensauce gekocht. Liebst du mich etwa noch, fragte sie ihn. Er antwortete, ich esse, also bin ich, und aß die Pasta mit der etwas bitteren Tomatensauce, bis sein Gesicht auf einmal in den noch halbvollen Teller fiel. Er war tot. Großmutter wurde des Rachemordes schuldig gesprochen. Da sie aber bereits gestorben war, wurde ihr die Haftstrafe erlassen. Aus dem Gerichtssaal ging sie nach Hause und setzte sich auf das Fernsehsofa. Großvater nahm neben ihr Platz. Sie schauten sich einen alten Western an. Die Großeltern gingen zu Bett und hatten Sex miteinander.

Ihre Tochter nannten sie Sabine. Diese machte das Abitur und studierte Mathematik. Sabine ging einmal im Jahr auf den Friedhof und legte Blumen auf das Grab ihrer Eltern. Auf dem Friedhof lernte sie auch einen jungen Mann kennen, der dort oft spazieren ging und wunderbare Fotos von den Traueralleen machte. Sabine schloss ihr Studium ab und sie und Günther lebten zusammen. Er war glücklich in dieser Beziehung und hätte gerne Kinder gehabt. Lange Zeit wurde Sabine nicht schwanger, bis sie doch ein Kind gebar. Ihr Sohn Emil wurde Gefängniswärter und spielte Schach mit seinem Großvater, der seine lebenslange Haftstrafe verbüßte.

Um die Erziehung von Emil hatte sich die meiste Zeit Günther gekümmert und Sabine hatte sich ganz ihrer Tätigkeit an der mathematischen Fakultät widmen können. Sie liebte ihren Job. Zahlen und Formeln waren ihre Leidenschaft und ließen sie alles andere vergessen. Sie fühlte sich manchmal wie im Weltraum, als ob sie gar keinen Sauerstoff, keine Nahrung und kein Wasser mehr bräuchte. Wer also war sie selbst, fragte sie sich. War sie ein Geist oder doch ein realer Mensch oder irgendetwas dazwischen? Sie wusste es nicht.

Günther sagte ihr, sie müsse aufwachen, sich wenigstens ein Stück weit der Wirklichkeit stellen. Er hatte ihr vorgeschlagen, einmal mit der Straßenbahn von einer Endhaltestelle zur anderen zu fahren, um diese bunte Gesellschaft aus Handwerkern, Schülern, bettelnden Obdachlosen, Büromenschen, Betrunkenen, aufgedrehten Jugendlichen oder schreienden Babys, die ihre Mütter und Väter zu beruhigen suchten, mit den eigenen Augen wahrzunehmen. Sabine hatte den Vorschlag abgelehnt.

Sie und ihr Freund wohnten nur zehn Minuten von der Universität entfernt und ihr, also Sabines, Leben spielte sich überwiegend in einem Umkreis von zwei Kilometern ab. Günther und sie fuhren nur selten mit dem Auto ins Zentrum, um sich einen Film, ein Theaterstück oder eine Ausstellung anzusehen. Auch das Radfahren war bei ihr mit Ängsten verbunden, selbst wenn Günther sie gerade im Sommer gelegentlich zu einer Radtour zu einem der Seen oder der Ausflugslokale in der Umgebung verlocken konnte.

Günther sagte ihr immer wieder, sie solle sich mehr bewegen, sich mehr aus ihren gewohnten Kreisen hinauswagen. Sie unternehme doch weite Reisen in ihrem Geist, wie sie einige Male teils sich entschuldigend, teils trotzig behauptet hatte, so dass sie die physische Bewegung und die konkrete Abwechslung nicht unbedingt bräuchte oder jedenfalls nicht jeden Tag.

Günther hingegen, der sich lange Zeit der Erziehung von Emil gewidmet und als Fotograf kaum Geld verdient hatte, arbeitete jetzt seit einigen Jahren bei einer großen Versicherung. Er radelte jeden Morgen über eine halbe Stunde in sein Büro und hatte den ganzen Tag mit Menschen zu tun. Wenn er nach Hause kam, steckte er immer noch voller Energie und erzählte von all den Begegnungen, die er im Laufe des Tages gehabt hatte. Sabine bedeutete ihm oft, sie könne ihm gerade nicht zuhören, sei müde, habe viele andere Probleme und könne sich nicht auch noch um seine kümmern. Meist sagte sie kurz darauf, ihre Worte täten ihr leid, sie habe es nicht so gemeint, er solle ihr bitte verzeihen, wenn sie manchmal angespannter Laune sei.

Es war Freitagnachmittag und die ganze Familie, außer Großvater, hatte sich bei Sabine und Günther versammelt, denn Emil wollte der Familie seine neue Freundin vorstellen. Dorotea stammte aus Italien, hatte bereits einige kleine Rollen in

Fernseh- und Netflix-Serien gespielt und hoffte, bald eine Hauptrolle übernehmen zu können. Sie war nicht nur bildhübsch und intelligent, sondern auch ein sehr geselliger Mensch. Sie passte wunderbar in ihre neue Familie. Sie und Emil hatten sich offenbar in der Straßenbahn kennen gelernt und gleich Gefallen aneinander gefunden. Alle stießen auf das Glück des neuen Paares an und auch Großmutter, deren 40. Geburtstag noch nicht lange zurücklag, erhob ihr Glas. Während man in recht ausgelassener Stimmung war, die Kuchenteller endlich beiseitegeräumt hatte und wiederum das Abendessen, das Großmutter gekocht hatte, schon fast auf dem Tisch stand, klingelte es an der Wohnungstür. Alle schauten sich verwundert an. Selbst Sabine, die als Einzige die meiste Zeit in ihren Gedanken versunken gewesen war, tauchte einen Moment aus ihnen auf. Für einen Paketboten, der bei ihnen eine Sendung für einen Nachbarn hinterlassen wollte, war es etwas spät. Emil stand auf und ging zur Tür. Es war Großvater, den man überraschend aus dem Gefängnis entlassen hatte. Er sah müde und verängstigt aus. Emil, der Großvater im Gegensatz zu allen anderen fast täglich sah und ihm gegenüber deshalb auch keine Berührungsängste hatte, bedeutete ihm, er solle sich zu ihnen an den Tisch setzen. Obwohl die Tochter die Rückkehr ihres Vaters seit vielen Jahren herbeigesehnt hatte, schaute sie den durch seine Gefängnisstrafe Gezeichneten jetzt mit Misstrauen, wenn nicht gar Ablehnung an. Sie traute ihm einfach nicht. Sabine blickte fragend in die andere Richtung zu ihrer Mutter, zu der sie, wie sie nun feststellte, durch ihren jahrelangen Umgang miteinander ein viel größeres Vertrauen besaß. Mutter ihrerseits schien gar nicht begeistert, dass ihr Mörder so unvermittelt in der Wohnung ihrer Tochter auftauchte. Sabine hatte den Eindruck, Mutter habe große Angst vor ihrem Mann. Das Gleiche schien andersherum allerdings auch bei Vater der Fall zu sein. Großvater setzte sich jedenfalls an den Tisch, nicht ohne sich nach allen Seiten umzublicken, ob ihm eventuell Gefahr von jemandem drohe. Einige Zeit herrschte gespanntes Schweigen, bis Emil Großmutters Pasta mit Bolognese-Soße hereinbrachte und auch Großvater, der zunächst verlegen auf seinem Stuhl hin und her gerutscht war, sich dann aber doch irgendwie nützlich machen wollte, Großvater also goss ihnen allen Wasser ein.

Jedoch wollte weder Großvater sein Essen anrühren noch Großmutter aus dem Wasserglas trinken. Nach kurzer Zeit bezichtigten sie sich gegenseitig lauthals des Leichenmordversuchs, schauten einander grimmig an, als ob sie zwei Kriegsparteien seien, die in der totalen Vernichtung ihres Gegners ihr Ziel sähen. Es war Emil, der mit einer geschickten Geste die hochgeladene Stimmung zunächst milderte und dann die Spannung – allerdings nur vorübergehend – gänzlich verpuffen ließ. Bevor man es sich nämlich versah, hatte er Großmutters Glas und Großvaters Teller gegen sein eigenes Glas und seinen eigenen Teller ausgetauscht und trank und aß jetzt fröhlich aus dem fremden Glas und dem fremden Teller. Großvater und Großmutter schauten ihn entsetzt an, als ob er den Verstand verloren habe. Sie waren wie gelähmt von ihrer Furcht, ihr Enkelsohn könne im nächsten Moment tot umfallen. Dieser aber musste laut lachen über diese ganze Situation, die ihm offenbar absurd erschien. Die anderen schwiegen und nur Dorotea, die von Emil schon einiges erfahren hatte über dessen Familie und die solche harten Streitereien aus ihrer eigenen Familie gewohnt war, Dorotea also konnte sich ein leises Kichern nicht verkneifen und war zugleich stolz auf ihren Freund, der eine solche Chuzpe bewiesen hatte. Allmählich breitete sich dessen Heiterkeit auch auf die anderen aus und zum Schluss auch auf die Großeltern, was aber

Letzteres erst geschah, als sie sahen, dass Speis und Trank keineswegs vergiftet waren, denn Emil lachte und lachte und zeigte keinerlei Anzeichen auch nur des leisesten Unwohlseins. Auch Großvaters Schultern richteten sich mehr und mehr auf und ebenso wurde Großmutter zunehmend sanfter und einfühlsamer.

Sabine schien über diese wieder ganz neue Situation erfreut und zwinkerte ihrem Mann, der ihr gegenübersaß, verschmitzt zu. Außerdem war auch Sabine stolz auf ihren Sohn, der mit einer simplen, aber effektiven Geste die Spannung zwischen den Großeltern in ein Nichts aufgelöst zu haben schien. Es ist immer mein natürlich stark irrationaler Impuls gewesen, dachte Sabine jetzt, meine Eltern sollten sich wieder vertragen und wieder Gefallen aneinander finden. Was habe ich darum gebetet, dieser Zustand der Harmonie und des Einverständnisses zwischen ihnen möge tatsächlich wieder eintreten, in meinem Herzen habe ich mir diesen Wunsch bewahrt und ihn nie aufgegeben.

Es wurde langsam spät und man musste sich überlegen, wo Großvater übernachten solle. Nach kurzer Beratung wurde beschlossen, er würde für einige Tage hier bei seiner Tochter auf dem Sofa schlafen, bis man woanders ein Zimmer für ihn gefunden hätte. Das Sofa war zwar ziemlich durchgelegen, aber auch Großvater war erst 40 Jahre alt und sein Rücken konnte noch etwas aushalten.

Man stand schon an der Tür, um die Familiengäste zu verabschieden. Großmutter schaute ihre Tochter und ihren Schwiegersohn dankbar an, dass sie diese Bürde, ihren Mann wenigstens vorübergehend zu beherbergen, auf sich nahmen. In Großmutters Kopf machte sich schon wieder ihre gewohnte Nüchternheit breit. Sie schaute auch ihren Mann an, der sich bereits aufs Sofa gelegt hatte und seinerseits erneut ein Häufchen Elend schien, das von einem Windhauch aus dem zum Lüften geöffneten Fenster geweht werden könnte.

Auch Sabines Hochgefühl hatte sich wieder etwas abgeflacht. Es kam ihr immer noch merkwürdig vor, ihre Eltern gemeinsam in einem Raum zu sehen. Sie konnte sich nicht erinnern, wann das zum letzten Mal der Fall gewesen war. Emils magische Geste hatte für einen Augenblick der Entspannung zwischen ihren sich gegenseitig angiftenden Eltern gesorgt, aber Magie zeichnete sich eben dadurch aus, sie verpuffte rasch wieder und hinterließ oft genug nur ein schales Gefühl. Was ihre beiden Eltern anging, war es vielleicht das

Höchste der Gefühle, wenn man erreichen konnte, dass zwischen ihnen ein allerdings immer wieder gefährdeter Waffenstillstand eintrat, dachte Sabine, als Mutter gegangen war, Vater bereits auf dem Sofa unter einer dicken Wolldecke schnarchte und sie zusammen mit Günther den Geschirrspüler einräumte und die Töpfe abwusch. Hatte Mutter überhaupt einen Schluck Wasser getrunken, hatte Vater überhaupt von der Pasta gekostet, fiel ihr jetzt ein, oder hatten beide nur so getan, als ob auch sie heiter und ausgelassen wären? Sabine schaute in den Abfalleimer, der sich unter der Spüle befand, ob Vater seine Pasta nicht einfach entsorgt habe.

Großvater lebte sich ein, wenn man sich einleben die Tatsache nennen konnte, dass er den Großteil des Tages auf dem Sofa lag und eigentlich gar nichts tat, außer zu schlafen, aus dem Fenster zu schauen oder Kreuzworträtsel zu lösen. Dennoch verhielt er sich zumindest ruhig. Etwa alle zwei Wochen schaute Emil vorbei und dann saßen die beiden Männer stundenlang an einer Schachpartie, bei der man sie auf keinen Fall stören durfte. Vater strahlte in solchen Momenten eine innere Würde aus, als ob er eine glanzvolle berufliche Karriere absolviere. Sabine hatte ihn nach den ersten Tagen vorsichtig gefragt, wie es ihm im Gefängnis ergangen sei, aber er lehnte es ab, auf diese Frage zu antworten. Er sagte nur, die ungewohnte Freiheit mache ihm etwas zu schaffen. Manchmal wachte er nachts schreiend auf, weil ihn irgendein Alptraum quälte. Während selbst die Explosion einer Gasleitung im Nachbarhaus den schlafenden Günther nicht hätte wecken können, schreckte Sabine regelmäßig aus ihrem leichten Schlaf hoch, wenn sie die Schreie ihres Vaters vernahm. Sie konnte danach nur schlecht wieder einschlafen und infolge ihres Schlafmangels wurde sie immer missmutiger und fing an, ihren Vater zurechtzuweisen, wenn er in ihren Augen etwas Falsches tat, oder ihn gar anzubrüllen, wenn sie ihn gerade nicht ausstehen konnte. Sabine wurde von Tag zu Tag unwohler in ihrer Wohnung. Dabei war ihr Zuhause in den Jahren, seitdem sie hier lebten, eine wunderbare Höhle gewesen, in die sie sich zurückziehen und in der sie sie selbst sein konnte. Ihr Gefühl der Geborgenheit in der Wohnung zersetzte sich jeden Tag ein Stück weit mehr. Sie kam schließlich auf den Gedanken, in eine andere Stadt, in ein anderes Land zu ziehen, weil durch die ständige Nähe ihres Vaters auch ihre Zuneigung zu der Stadt, in der sie geboren, aufgewachsen war und bis heute lebte, immer mehr in Frage gestellt wurde. Günther wollte von einem Umzug nichts wissen. Er sagte zu Sabine, sie solle sich nicht nur von ihrer momentanen Stimmung leiten lassen; in Kürze werde ihr Vater wieder ausziehen und damit die Ursache für ihre Umzugsgedanken entfallen. Sabine ließ sich von solchen Worten nicht davon abbringen, z. B. über einen Umzug in die Stadt, in der ihre Schwiegertochter aufgewachsen war und die für Dorotea offenbar einen Hort der Geborgenheit bedeutete – nach einem solchen sehnte sich Sabine gerade mit aller Macht –, über einen solchen Umzug nach Italien also allerlei Pläne anzustellen und sich im Netz nach einer passenden Mietwohnung umzusehen. Sie wollte auch einen neuen Job annehmen, auch wenn sie noch nicht wusste, welchen. Zunächst bemühte sie sich um einen Italienischkurs an der Volkshochschule, aber es ließen sich nicht ausreichend Interessenten für den Kurs finden. Wenn Günther auch mitgemacht hätte, wäre er zustande gekommen, aber Sabines Freund mochte Italien nicht und sagte ihr außerdem, sie traue sich doch kaum, sich außerhalb eines sehr begrenzten Radius in ihrer eigenen Stadt zu bewegen. Wie wolle sie da gleich in ein anderes Land ziehen, dessen Sprache sie nicht verstehe und mit dessen Normen und Gesetzen sie in keiner Weise vertraut sei? Über diese „italienische Luftnummer", wie Günther sie polemisch nannte, gerieten Sabine und er in Streit, obwohl sie bis dahin über viele Jahre in Einklang miteinander gelebt hatten.

Sabines Vater machte derweil keinerlei Anstalten, sich nach einer eigenen Wohnung umzusehen. Ihm schien die Kraft zu fehlen, sich um seine eigenen Angelegenheiten zu kümmern, als ob er ein uralter Mann sei, der in einem Pflegeheim vor sich hinvegetiert. Eines Tages jedoch hielt es Günther, der auch auf der Arbeit gerade einigen Stress zu ertragen hatte, nicht mehr aus und gab dem mal wieder auf dem Sofa liegenden und aus dem Fenster starrenden Schwiegervater eine Frist von zwei Wochen, sich eine eigene Bleibe zu suchen. Andernfalls würden Sabine und er ihn vor die Tür setzen. Letztere Drohung hätte Günther gar nicht aussprechen dürfen, denn die Sache war keineswegs mit seiner Freundin abgesprochen. Die zwei Wochen verstrichen und Großvater hatte sich nicht einmal die Mühe gemacht, einen Blick in die Wohnungsanzeigen im Internet zu werfen. Sabine wollte, als sie von der ganzen Sache schließlich erfahren hatte, ihrem Vater eine weitere Frist von einem Monat einräumen. Günther war strikt dagegen. Es vergingen einige Tage, in denen nichts geschah, bis Günther seine Drohung wahrmachte und die wenigen Habseligkeiten seines Schwiegervaters auf die Straße stellte. Günther ging wieder nach oben, um auch den „obersten Sofalieger", wie er ihn nannte, zum Gehen zu bringen. Sabine war einkaufen. Als sie mit ihren vollgefüllten Beuteln die Treppe hochkam, wollte Günther ihren Vater gerade aus der Wohnung zerren. Dieser wehrte sich dagegen mit Händen und Füßen. Sabine ließ vor Schrecken ihre Beutel fallen – zwei Yoghurtgläser gingen dabei zu Bruch – und eilte ihrem Vater zu Hilfe. Sie schrie ihren Freund an, er sei eine Bestie ohne jegliches Mitgefühl. Günther ließ von seinem Schwiegervater ab und zog sich beleidigt in sein Zimmer zurück. Großvater, der von der Auseinandersetzung einige Schrammen davongetragen hatte, vermochte ein triumphierendes Grinsen nicht zu verbergen.

Am nächsten Tag verließ Günther wie jeden Morgen die Wohnung. Sabine konnte hören, wie er unten den Fahrradkeller aufschloss. Am Abend – es war ein kalter Wintertag gewesen und es hatte sogar ein wenig geschneit – kam er nicht zurück. Sabine machte sich heftige Vorwürfe und hatte große Angst um ihn, obwohl sie noch immer sehr wütend auf ihn war, wie er ihren Vater behandelt hatte. Kurz vor Mitternacht rief Günther an und teilte mit, er werde bis auf weiteres bei einer Freundin übernachten. Sabine wurde, während sie noch sprachen, von einer rasenden Eifersucht auf diese Freundin gepackt, die ihr schon lange ein Dorn im Auge war, und knallte das Telefon gegen die Wand. Während sie immer noch vor Wut zitternd die einzelnen Teile des Telefons vom Boden auflas, blickte sie zu ihrem Vater, der die ganze Auseinandersetzung schweigend mitverfolgt hatte. Sabine verstand nicht, ob die Miene ihres Vaters ausdrückte, dass ihm nur sein eigener Verbleib in ihrer Wohnung wichtig war, oder ob sich in ihm doch ein Funken Mitgefühl für ihre Lage regte.

Sabine und Günther wussten beide, sie kamen nicht ohne einander aus. Sie konnte vor Nervosität kaum noch ihrer Arbeit nachgehen und er nahm innerhalb kurzer Zeit zehn Kilo zu. Als sich ihre gegenseitige Wut nach einiger Zeit gelegt hatte, zog er wieder bei ihr ein und tolerierte, auch wenn es ihm schwerfiel, die Präsenz ihres Vaters in der Wohnung.

Nach etwa sechs Monaten verbesserte sich dessen Zustand. Er ging gelegentlich einkaufen und kochte für alle drei. Er wusch sich auch wieder regelmäßiger. Nach einem halben Jahr Funkstille zwischen ihrer Mutter und ihrem Vater wollten sich die beiden zudem in einem Café treffen. Sabine wäre schon froh gewesen, wenn diese Begegnung nicht in einem Eklat endete. Mutter erzählte ihr später am Telefon, man habe sich die meiste Zeit angeschwiegen, und trotzdem wertete Mutter das Treffen zumindest als einen halben Erfolg, denn man wolle sich in einigen Wochen erneut treffen. Als besonders nett hatte Mutter es empfunden, ihr Mann hatte ihr einen Strauß Tulpen mitgebracht, die zwar etwas billig und schon etwas verwelkt aussahen, weil er sie offenbar bereits vor zwei Tagen gekauft, jedoch in der Zeit bis zu ihrem Treffen in keine Vase gestellt hatte, aber ein Strauß Tulpen war ein Strauß Tulpen, wie Großmutter mit einer gewissen Befriedigung in der Stimme sagte. Über was habt ihr denn miteinander gesprochen, wollte Sabine wissen, wenn ihr dann mal miteinander gesprochen habt? Das brauchst du nicht zu wissen, hatte Mutter in einem leicht spöttisch abwehrenden Ton geantwortet.

Es kamen jedoch wieder schlechtere Tage. Sabines Vater war bei einem Ladendiebstahl – er hatte kaum Geld und wollte ihr und Günther eine Schachtel teurer Pralinen schenken – erwischt worden und musste für einige Wochen wieder ins

Gefängnis, denn für ihn als ehemaligen Schwerverbrecher kam eine Bewährungsstrafe nicht in Frage. Als er zurückkam, war er zunächst bedrückter Laune, fand dann aber rasch wieder Anschluss an die vorangegangene Verbesserung seines Zustands. Im Laufe der Zeit war er für Sabine und Günther von einer kaum zu ertragenden Last immer mehr zu einem willkommenen Teil ihrer Hausgemeinschaft geworden. Sabine fing an, so etwas wie Zuneigung zu ihrem Vater zu empfinden. Dennoch wusste sie, er konnte nicht für immer bei ihnen wohnen bleiben. Nachts grübelte sie oft über eine mögliche Lösung dieses Problems.

Am ersten Jahrestag von Großvaters Rückkehr wollte man erneut ein Familienfest feiern, zumal Dorotea und Emil angekündigt hatten, sie hätten eine Neuigkeit mitzuteilen. Nur Sabines Mutter klang am Telefon seit einiger Zeit müde und kraftlos. Wenige Tage vor der geplanten Feier fanden Nachbarn ihre Zweitleiche im Hausflur. Ihr Begräbnis war sehr bewegend, aber auch aufwändig und kostete Sabine viele Nerven. Statt den Jahrestag von Großvaters Entlassung aus dem Gefängnis zu feiern, wurde an diesem Tag Großmutters Trauerfeier begangen. Die Trauergemeinschaft wollte sich anschließend in Sabines und Günthers Wohnung zu einem Leichenschmaus treffen.

Dorotea stand Großmutter in der Küche beim Vorbereiten des Pastagerichts für die Trauergäste zur Seite und versuchte, um sie ein wenig über ihren erneuten Tod hinwegzutrösten, ihr einige Kochkniffe aus Doroteas Ursprungsheimat beizubringen, die die Großmutter vielleicht noch nicht kannte. Sabine betrat die Küche. Sie machte einen leicht verwirrten Eindruck auf Dorotea, Großmutters Begräbnis war ihr offenbar endgültig zu viel gewesen. Das ganze letzte Jahr war für Sabine, der nichts über ihre eigene Ruhe ging, eine große Herausforderung gewesen. Sie stellte sich jetzt halb trotzig, halb feierlich vor den beiden Köchinnen auf und verkündete ihnen, weil sie mit dieser Neuigkeit bei ihrer inneren Aufregung offenbar nicht warten konnte, bis auch die anderen Trauergäste eingetroffen waren, sie habe ihren Job als Mathematikdozentin geschmissen und werde mit Günther in Doroteas italienische Heimatstadt ziehen. Sie habe sich außerdem dazu entschlossen, in Italien als Straßenbahnschaffnerin zu arbeiten.

Großmutter war zu sehr mit dem Pasta kochen beschäftigt, als dass sie mehr als einen leicht erstaunten Blick auf ihre Tochter geworfen hätte, aber Dorotea meinte etwas erschrocken, es gibt doch auch in Italien gar keine Straßenbahnschaffner mehr. Das macht nichts, erwiderte Sabine, auf jeden Fall kann Großvater hier in der Wohnung bleiben und muss sich nicht mehr um eine eigene Unterkunft bemühen. Besonders bei dieser letzten Feststellung konnte man Sabine den Stolz anmerken, endlich eine Lösung für ein Problem gefunden zu haben, das sie seit längerer Zeit gequält hatte. Dorotea fragte, ob Günther denn einverstanden sei mit diesen Umzugsplänen. *Certamente*, erklärte Sabine errötend. Dorotea nahm die Schwiegermutter in die Arme, die sich dieser ungewohnt intimen Berührung schnell wieder entwand und ins Wohnzimmer eilte, wo inzwischen die anderen Trauergäste ankamen, denen sie diese Nachricht offenbar ebenfalls mitteilen wollte. Ihre Schwiegertochter hingegen streichelte sich zu ihrer eigenen Beruhigung den schon sichtbaren Bauchansatz und wandte sich erneut der Großmutter zu, die augenscheinlich ihrer Hilfe bedurfte.

Im Froschhals

Ururgroßvater besaß einen Bauernhof in der Nähe von Leipzig. Direkt hinter seinem Haus quakten die Frösche an einem Teich, wo er oft verweilte. Mein Vorfahre hat in einem Heft seine Gedanken zur Welt festgehalten, das ich vor kurzem in den Hinterlassenschaften seines Urenkels, also meines Vaters, gefunden habe, der nach dem Zweiten Weltkrieg aus der Sowjetischen Besatzungszone nach Hamburg floh, wo ich noch heute lebe. Hier ist es:

Ein gigantischer Frosch ist unsere Welt, die wir fälschlicherweise Erde nennen, und Menschen, Tiere und Pflanzen leben in seinem Hals. Jeden Morgen sperrt der große Frosch sein Maul auf, damit das Sonnenlicht in seinen Hals kommt. Abends macht er das Maul wieder zu, so dass es wieder dunkel ist. Mein Enkelsohn, der ganz allein in einem vornehmen Haus in Leipzig wohnt, ein sehr gebildeter Mann und sogar schon bis nach Italien gereist ist, will noch nicht ganz einsehen, dass wir alle im Hals eines Frosches leben. Er sagt mir z. B., in anderen Regionen der Welt wird es früher oder später hell und dunkel. Das könne aber laut meiner Theorie nicht sein, meint er frech. Ich weiß nicht, ob mein Enkel mich mit dieser Geschichte nur ärgern will oder ob da tatsächlich etwas dran ist. Mir kommt es jedenfalls merkwürdig vor, was er sagt.

Er sagt mir außerdem, wenn wir tatsächlich im Halse eines Frosches lebten, müsste es überall sehr steil sein, weil der Hals eines Frosches schließlich von oben nach unten geht, aber das ist einfach zu erklären. Es ist in der Tat so, der Boden unter uns ist eigentlich eine Wand, die von oben nach unten verläuft, aber für unser Bewusstsein ist es bequemer, wenn wir uns einen ebenen Boden vorstellen, d. h. im Laufe von vielen, vielen Jahren hat sich unser Gehirn daran gewöhnt, den Boden nicht als eine Wand, sondern als etwas unter uns Seiendes zu betrachten. Wie schon berühmte Denker gesagt haben, ist es das Bewusstsein, das unsere Wirklichkeit prägt und nicht umgekehrt. Mit anderen Worten, unser Bewusstsein hat die Realität tatsächlich verändert.

Mein Enkel aber sagt, wie willst du dann aber die Hügel und erst recht die hohen Berge erklären? Auch darauf gibt es eine einfache Antwort, erwidere ich, dort, wo sich ein Hügel oder ein Berg befindet, hat die Halsinnenhaut des großen Frosches eben einen Pickel oder einen sonstigen Auswuchs.

Der Leser dieses Heftes wird sich fragen, wie ich als einfacher Bauer dazu komme, so viel über die

Welt und ihren Aufbau nachzudenken und wieso ich dabei den Drang habe, auf diese Fragen eine wissenschaftliche Antwort zu finden. Dazu muss ich ein wenig aus meinem Leben erzählen, was ich sonst fast immer zu vermeiden suche, denn mein Leben ist unwichtig. Nur meine Gedanken mögen eine kleine Bedeutung haben.

Meine Eltern waren ebenfalls Bauersleute und wohnten hier auf diesem Hof, auf dem auch ich lebe. Besonders meine Mutter wollte, ich solle etwas über die Welt jenseits unseres Dorfes lernen. Deshalb sorgte sie dafür, dass ich regelmäßig die Volksschule besuchte. Dort aber hatten wir einen Lehrer, der einen starken Einfluss auf mich ausgeübt hat. Er brachte mir nicht nur das Lesen, das Schreiben und das Rechnen bei, sondern, da er sah, ich war wissbegieriger als die anderen Schüler in meiner Klasse, schenkte er mir ein Buch über große Naturforscher. Es war damals eine große und seltene Ehre, von einem Lehrer ein Buch geschenkt zu bekommen, das er darüber hinaus aus eigener Tasche bezahlt hatte. Ich war ihm sehr dankbar. Bis heute bewahre ich dieses Buch in meinem Haus auf und bin stolz, es zu besitzen. Ich habe es etliche Male gelesen.

Das Gute daran war, dass es mir die wissenschaftliche Methode beibrachte, jede Wirkung müsse eine Ursache haben. Ich hielt im Übrigen die Aussagen in diesem Buch zunächst für wahr, wenn nicht gar für heilig, bis ich in meinen Flegeljahren – als ich längst angefangen hatte, auf dem Hof meiner Eltern mitzuarbeiten – begann, selbst über die Welt nachzudenken, so dass es mir heute scheint, die meisten Behauptungen dieses Buches sind falsch oder zumindest irreführend. Ohne dass ich in diesem Heft näher auf all diese falschen Aussagen eingehen möchte, hoffe ich doch, die Wahrheit meiner eigenen Gedanken und wissenschaftlichen Deduktionen, die ich auf den kommenden Seiten darlegen will, werden dem Leser mehr und mehr einleuchten.

Wie zum Beispiel kommt der Regen zustande, fragte ich mich schon in jungen Jahren. Es regnet offensichtlich aus den Wolken, aber wie kommen die Wolken zustande? Gibt es Wolken erst, seitdem es Industrieschornsteine gibt? Nein, es hat Regen auch schon vor der Industrie gegeben. Jedenfalls sind Wolken wie Wasser, das zu Dampf geworden ist. Das heißt aber, dort oben bei den Wolken muss es ziemlich warm sein, denn Wasser wird nur zu Dampf, wenn man es erhitzt. Ich kann mir das Ganze nur so erklären: Der große Frosch muss Raucher sein. Er raucht sicherlich Pfeife. Aber es muss ein sanfter Tabak sein, den er für seine Pfeife verwendet, einer, der nicht beißt, einer, der sich wohl anfühlt: Wenn ich den Duft einatme, der vom Boden aufsteigt, wenn es geregnet hat, kommt es mir vor, als könne auch ich teilhaben an dem wunderbaren Tabakgeruch des großen Frosches. Man muss sich den Vorgang vielleicht folgendermaßen vorstellen: Der große Frosch raucht eigentlich nur dann Pfeife, wenn er das Maul nicht ganz geöffnet und nicht ganz geschlossen hat, d. h. er raucht nur bei Sonnenaufgang. (Wieso er nicht bei Sonnenuntergang rauchen kann, darauf komme ich im Abschnitt über die Ernährung des großen Frosches zurück.) Wie oft hat man es erwartet, dem Aufgehen der Sonne beizuwohnen, und wie oft ist man dabei enttäuscht worden, weil es zu dieser Tageszeit bewölkt war. Das ist ein sicheres Zeichen, der große Frosch raucht in dem Moment gerade. Eine andere Erklärung für dieses Phänomen gibt es meines Erachtens nicht. Natürlich kann es auch tagsüber oder nachts bewölkt sein, aber jeder weiß, wie lange es dauert, bis sich in einer Raucherstube der Qualm verzogen hat.

Man muss sich das weiter so vorstellen, der rauchende Frosch nimmt einen Teil des Rauches in sein Maul auf. Wir wissen aber, Frösche sind Amphibien, also Kaltblütler. Insofern wird der heiße

Pfeifenrauch im Maul des Frosches rasch kälter und verwandelt sich damit in Wasser, das vom Himmel fällt. Mit anderen Worten: Es regnet. So habe ich, verehrter Leser dieses Heftes, eine schlüssige Theorie entwickelt, um dieses Wetterphänomen zu erklären.

Wieso jedoch kommt es zu einem Gewitter? Das ist eine knifflige Frage, zu der ich noch keine endgültige Antwort habe, aber ich vermute, Blitze sind einfach die Stichflamme, die entsteht, wenn der große Frosch sich mit dem Streichholz eine Pfeife anzündet. Die Tatsache, dass es bei einem Gewitter viele Blitze gibt, ist darauf zurückzuführen, der große Frosch ist beim Anzünden der Pfeife oft ungeschickt und verbraucht viele Streichhölzer, bis seine Pfeife endlich angegangen ist. Aber wieso gibt es auch tagsüber oder nachts Gewitter, wenn der große Frosch sein Maul entweder ganz geöffnet oder ganz geschlossen hat, wenn er also gerade nicht Pfeife rauchen kann? Auf diese Frage habe ich noch keine Antwort. Meine Gedanken bezüglich dieser sehr komplexen Frage gehen jedoch in zwei Richtungen: Entweder können Blitze auch eine Art sichtbares Zeichen für Zahnschmerzen beim großen Frosch sein, wie man ja auch beim Menschen von einem blitzartigen Schmerz in den Zähnen spricht. Oder aber die Blitze aus den Wolken sind etwas, das seinen Ursprung zwar aus dem Anzünden der Pfeife mit einem Streichholz gehabt, das sich dann aber wegen der hohen Hitze in den Wolken verselbstständigt hat, so wie in der Sommerzeit oft ein einziger Funken ausreicht, um einen ganzen Wald anzuzünden.

Wir alle wissen, wie böse die heutige Menschenwelt und wie erhaben hingegen der große Frosch ist. Sein Rauch, also das, was wir als Wolken bezeichnen, hat einen angenehmen Geruch und hinterlässt keine übelriechenden Spuren. Wie anders hingegen ist der Rauch, der aus den Schornsteinen, den Kaminen und sogar den Pfeifen dringt. Er beißt den Menschen in seinem Hals und ist auch für den großen Frosch unangenehm. Zudem legt sich dieser Rauch, wenn er wieder nach unten sinkt, wie ein schwarzer Film auf den Boden. Nun muss man sich vorstellen, zu diesem Film kommt jeden Tag eine neue Schicht hinzu, die sich auf dem Boden ablagert. Im Laufe von vielen, vielen Jahren – der Mensch wohnt schon sehr lange im Froschhals – entsteht so eine dicke Schicht an schwarzem Ruß, die der moderne Mensch als Kohle bezeichnet und mit großem Aufwand wieder aus dem Boden hervorholt. Der Leser dieses Heftes kann sich aber leicht selbst ausmalen, ich habe in meinem Leben den Kamin immer nur mit gesundem Holz befeuert.

Trotz meiner unbestreitbaren Erfolge bei der Entschlüsselung des Aufbaus der Welt hört mein Enkel nicht auf, meine Sicht der Dinge in Frage zu stellen. So sagt er, es gibt überall auf der Welt große Meere, die aus Salzwasser bestehen, doch auch dafür gibt es eine einfache Erklärung. Der Mensch ist zwar seit dem Aufkommen der Industrie noch böser geworden, als er es ehedem schon war, aber er hat dem großen Frosch, in dessen Hals wir leben, schon immer großen Kummer bereitet. Der große Frosch hat darüber schon viele Tränen geweint. Ein Teil dieser Tränen ist auf seine während des Tages herausgestreckte Zunge gefallen – auf diese grundlegende Tatsache komme ich noch zurück. Wenn er am Abend die Zunge wieder in das Maul gesteckt hat, sind diese aufgefangenen Tränen in seinen Hals gekommen, haben sich an bestimmten Orten gesammelt und dort sind die Ozeane entstanden, von denen mein Enkel spricht. Was man sich aber denken kann: Der Mensch hat dem großen Frosch im Laufe vieler Jahrtausende einen unbeschreiblich großen Kummer bereitet, sodass solch große Ozeane entstanden sind.

Dann wieder fragt mich mein Enkel, wovon er-
nährt sich denn der große Frosch? Auch über
diese Frage habe ich sehr lange nachdenken müssen. Offensichtlich scheint mir, am Morgen
sperrt der große Frosch sein Maul auf, streckt
seine Zunge bis weit in den Himmel hinaus und
wartet dann viele Stunden auf seine Beute. Er
macht es also ganz anders als die kleinen Frösche
an meinem Teich, die ihre Zungen blitzschnell
herausstrecken, die Beute auf diese Weise über-
rumpeln und fangen und sie dann sogleich ins
Maul einholen. Nein, da es am Himmel keine so
großen Insekten gibt, muss der große Frosch auf
eine andere Beute lauern.

Ich habe lange, lange überlegt, was das für eine
Beute sein könnte, die der große Frosch sich
schnappt, bis es mir auf einmal klar geworden ist.
Mein Grundgedanke war: Es muss eine Beute von
einer gewissen Größe sein, denn sonst stünde die
aufgewandte Kraft, um die Beute zu fangen, in
keinem Verhältnis zu der Nahrungskraft, die der
große Frosch mit dieser Beute erlangt. Zum anderen muss sich der große Frosch von einem flie-
genden Wesen ernähren, denn genau wie der
kleine Frosch schnappt er seine Beute aus der
Luft. Darüber hinaus muss die Beute sich weniger
schnell bewegen als eine Fliege, d. h. die

Bewegungen dieser Beute müssen berechenbarer sein als die einer Fliege. Wenn ich aber in den Himmel schaue, bleibt nur eine Möglichkeit: Die Sonne ist die Beute des großen Frosches.

Wenn die Sonne morgens aufsteht, ist sie jung und kräftig und der große Frosch freut sich über die allmählich ansteigende Morgenwärme nach der kühlen Nacht, aber bevor er – eventuell erst nach seiner Morgenpfeife – mit der ausgestreckten Zunge nach der Sonne schnappen kann, ist diese schon hoch über den Horizont gestiegen und damit außerhalb der Reichweite der Froschzunge. Erst am Abend, wenn die Sonne langsam wieder vom Himmel absteigt, sieht der große Frosch seine Chance gekommen. Die Froschzunge umschlingt die Sonne und holt sie immer näher an das Maul heran, weswegen dann der halbe Himmel rot bedeckt ist, weil man die große rote Zunge des Frosches sieht, die die Sonne in sein Maul hineinzieht. Und in dem Moment, wenn der Frosch die Sonne ganz in seinem Maul hat, schließt er es.

Man könnte hier einwenden, im Hals des Frosches müsste es erst recht hell sein, sobald er die Sonne in seiner Maulhöhle hat. Auch über diese Frage habe ich lange gebrütet, bis ich mir klargemacht habe, wenn die Sonne die Beute des großen Frosches ist, muss die Sonne ein lebendiges Wesen sein. Ich nehme an, wenn der Frosch sie das erste Mal mit der Zunge berührt, injiziert er ihr eine Substanz, die die Sonne eben ganz rot und wehrlos macht, so dass der Frosch sie verschlingen kann. Der Frosch muss der Sonne auch deshalb dieses Gift verabreichen, damit er sich nicht an ihr verbrennt. Das heißt, wenn der Frosch die Sonne in sein Maul zieht, ist diese bereits erloschen, also tot. Sie strahlt kein Licht und keine so strenge Hitze mehr aus, wie wir sie an einem heißen Sommertag erleben.

Man könnte hier einwenden, wieso sehen, wieso merken wir es nicht, wenn der große Frosch die tote Sonne in sein Maul zieht? Zum einen kann ich dazu sagen, alles Licht geht von der Sonne aus, der große Frosch besitzt kein eigenes Licht, d. h., wenn er die Sonne in sein Maul zieht, ist diese bereits tot und sendet kein Licht mehr aus oder mit anderen Worten, es ist bereits dunkel und wir sehen dieses außergewöhnliche Spektakel eben nicht. Zum anderen jedoch hat der Mensch schon immer große Ehrfurcht vor dem Ende des Tageslichts verspürt. Ist das nicht ein Indiz, der Mensch hat durchaus eine Ahnung, zu diesem Zeitpunkt vollzieht sich etwas

Großartiges, was man zu den großen Weltwundern rechnen muss?

Wie kann es jedoch sein, stelle ich mir wie üblich gleich die nächste Frage, dass jeden Tag eine neue Sonne entsteht? Ich muss zugeben, dafür habe ich (noch?) keine Erklärung, nicht einmal eine Vermutung. Das Einzige, was ich dazu sagen kann, ist: Es ist einfach so. Ich habe vor langer Zeit, als ich einige Jahre zur Schule gegangen bin, von unserem schon erwähnten Lehrer gehört, ein sehr altes Volk, das es schon sehr lange nicht mehr gibt, hat ebenfalls geglaubt oder besser gewusst, jeden Tag erscheint eine neue Sonne am Horizont. Dass diese Tatsache schon vor so langer Zeit bekannt war, tröstet mich ungemein.

Ich muss darüber hinaus annehmen, der Frosch braucht die ganze Nacht, um die Sonne zu verdauen. Dass wir Menschen aber von diesem gewaltigen Verdauungsprozess kaum etwas oder eigentlich gar nichts mitbekommen, ist vielleicht ein Zeichen, wie diskret die Natur bzw. der große Frosch sein kann. Als erstes muss ich nochmal anmerken, dieser Prozess ist nicht sichtbar, denn der große Frosch hat sein Maul ja geschlossen und auch die tote Sonne in seinem Maul sendet kein Licht mehr aus. Trotzdem wird die Sache ungefähr so ablaufen: Der große Frosch hat wie alle Frösche ein besonders großes Maul, was in seinem Fall sehr hilfreich ist, denn am Anfang muss er die Sonne in einem Stück in sein Maul bringen. Sobald das der Fall ist, fangen die Froschzähne an, Stück für Stück von der toten Sonne abzubeißen. Da die Sonne immer noch sehr warm ist, dürfte sie ein weiches und zartes Fleisch haben, so wie auch das Fleisch eines Rindergulaschs erst bei großer Brathitze und nach langem Kochen richtig genießbar wird.

Andererseits kann man sich die Frage stellen, wenn der große Frosch am Abend gerade die Sonne verspeist hat, sollte es auch im Hals, also bei uns Menschen zu dieser Tageszeit besonders warm sein, was aber unserer alltäglichen Erfahrung widerspricht, am frühen Abend weht meist ein schon etwas kühlerer Wind und wir sind oft genug gezwungen, uns eine Jacke anzuziehen, damit uns warm bleibt. Auch dieses Problem lässt sich mit ein bisschen Nachdenken leicht lösen. Gerade weil der große Frosch in seiner Maulhöhle ein so heißes Essen zerkleinern muss, muss er seinem empfindlichen Hals kühleren Wind zuführen. Wie geschieht das? Natürlich durch die Nase, durch die wir genauso atmen wie durch den Mund. Das ist beim großen Frosch nicht anders. Er atmet durch seine beiden Nasenlöcher die frische Weltraumluft ein und innerhalb kurzer Zeit gelangt diese in den Hals, was für uns Menschen gerade nach einem heißen Sommertag eine willkommene Abkühlung bedeutet.

Sobald der Frosch ein Stück von der Sonne abgebissen hat, befördert es die Zunge den Hals hinunter, damit es durch die Speiseröhre in den Magen fällt, wo der eigentliche Verdauungsprozess beginnt. Was danach passiert und was mit den Überresten der Sonne geschieht, darüber kann ich keine realistische Hypothese anstellen, so dass ich dieses Feld lieber anderen überlasse. Mich überrascht jedoch, wie ruhig wir in unseren Häusern schlafen können, während des Nachts lauter gewaltige Sonnenbrocken an uns vorbeifliegen. Noch weniger ist es zu verstehen, wieso die Brocken nicht unsere Häuser oder Felder oder Städte treffen? Wenn die noch ganz heiße Sonne im Froschmaul gelandet ist, muss man logischerweise davon ausgehen, dass die Zähne oder die Maulhöhle eher unempfindlich gegen Hitze sind, aber der Hals und die Speiseröhre sind es nicht, was man auch daraus ersehen kann, der Mensch und die ihn umgebende Natur sind recht empfindsam gegen starke Temperaturschwankungen. Es liegt also im Eigeninteresse des Frosches, die

Sonnenbrocken nicht an die empfindlichen Halswände stoßen zu lassen.

Ich möchte zu diesem Thema noch sagen: Ich bin ein alter Mann und liege des Nachts oft wach. Meistens ist es sehr ruhig zur Nacht und nur manchmal ist das Bellen eines Nachbarhundes zu hören, aber wenn es gerade mal ganz still ist, vermeine ich oft, ein Sausen in der Luft zu hören. Ich bin sicher, das sind die Sonnenbrocken, die die ganze Nacht über unsere Köpfe hinwegfliegen, d. h. eigentlich fallen sie nach unten, aber diese Tatsache habe ich schon zuvor behandelt und muss sie hier nicht wiederholen.

Auf einige Details oder Zweifel, die dem Leser bei diesen Ausführungen gekommen sein mögen, gehe ich im Folgenden ein.

Wenn das Abendrot die Zunge des großen Frosches ist, der sich die Sonne einverleibt, was ist dann das Morgenrot? Auch diese Frage ist relativ einfach zu beantworten. Man muss dazu wissen – und das zählt eigentlich zum Allgemeinwissen –, die Sonne ist ein sehr eitles Wesen. Nicht umsonst gibt es den Ausdruck: Es ist nicht immer alles eitel Sonnenschein. Was heißt das aber in unserem Fall? Man muss das Morgenrot als eine schlichte Spiegelung des Abendrots sehen, d. h., wenn die Sonne am Morgen frisch und neu aus ihrem Bett aufsteht, schaut sie als erstes in den Spiegel und sieht darin den Todeskampf ihrer Vorgängerin und ist damit eigentlich gewarnt, welches Schicksal auch ihr bevorsteht. Da die Morgensonne aber noch jung ist und sich allmächtig glaubt – darin besteht eben ihre Eitelkeit – nimmt sie diese Warnung nicht ernst und stürzt sich in den Tag, als ob er nie zu Ende gehen werde. Und auch wir Menschen sehen eben dieses Spiegelbild, das in unseren Augen fast so schön ist wie das Abendrot.

Was geschieht hingegen, wenn es schneit? Die Erklärung dafür ist wiederum ganz einfach. Jeder Mensch kennt das, wenn es Winter ist, erkältet man sich leicht, d. h. man bekommt Schüttelfrost und dergleichen oder mit anderen Worten, es wird einem kalt und kälter. Genauso passiert es dem großen Frosch. Wenn die Sonne im Winter schneller über den Himmel huscht, muss sich der große Frosch mehr beeilen, um sie zu fangen. Dadurch aber gerät er ins Schwitzen und da es draußen im Weltall kälter ist als sonst, erkältet sich der Frosch dabei. Das heißt, auch in seinem Hals wird es kalt. Da der große Frosch aber nicht immer ein vernünftiges Wesen ist, raucht er trotz Erkältung weiter. Der heiße Dampf in seiner Maulhöhle erkaltet bei der tieferen Kälte des

Froschkörpers rascher und stärker, als es sonst der Fall ist. Deshalb fällt aus den Wolken auch kein Regen, sondern Schnee.

Man muss es auch so sehen, nur durch das Essen der Sonnenbrocken vermeidet es der Frosch im Winter, wegen der Kälte zur Bewegungslosigkeit zu erstarren, wie das die Frösche in meinem zugefrorenen Teich tun. Wenn es also im Weltall bitterkalt ist, strahlt nur das Vorbeisausen der heißen Sonnenbrocken durch den Froschhals so viel Wärme ab, dass sowohl der Organismus des großen Frosches als auch wir Menschen nicht zu Eiszapfen erstarren. Damit gäbe es neben der Nahrungsaufnahme noch einen zweiten nicht minder wichtigen Grund, weswegen der große Frosch täglich eine Sonne verspeisen muss.

Obwohl die Sonne eigentlich erloschen und tot ist, wenn der große Frosch sie verschlingt, bleibt von ihr dennoch noch ein bisschen funkelndes Licht. Das ist das, was der Mensch die Sterne nennt, die man am „Himmel" glitzern sieht, aber eigentlich sieht man nicht den Himmel, sondern die Maulhöhle des Frosches, an dem all die „Sterne" leuchten. Wenn der große Frosch einmal längere Zeit nicht geraucht hat und die Luft in seiner Maulhöhle besonders klar ist, kann man auch einen langen weißen Streifen sehen, der die ganze Mundhöhle durchquert. Der Mensch nennt diesen Streifen Milchstraße, weil er so weißlich glänzt, aber in Wahrheit ist es die Zunge des großen Frosches, die man sieht. Man muss sich das derart vorstellen, die Zunge ist sehr klebrig und die verbliebenen Funken der zu verspeisenden Sonne sammeln sich gerade auf dieser klebrigen Oberfläche, so dass eben der Eindruck einer „Milchstraße" entsteht. Wie jedoch muss man sich das genau vorstellen – und schon geraten wir in erneute Schwierigkeiten –, denn es kommt bei unseren Beobachtungen immer auf die größte Präzision an. Wenn ein Detail nicht stimmt, kann unser ganzer Weltaufbau in sich zusammenbrechen. Wenn nämlich die Zunge auf dem Maulboden läge in ihrer Ruheposition, könnten wir sie von unserer Halsposition aus gar nicht erblicken, denn die Zunge läge ja nicht über uns, so wie wir die Milchstraße „über" uns sehen, sondern sie wäre etwas nach vorne versetzt, außerhalb unseres Blickfeldes. Es muss also so sein, die Zunge verharrt in einer nach hinten gerollten Position über dem Eingang zum Hals, sodass wir sie sehen können.

Wieso jedoch rollt sich die Zunge des großen Frosches in der Nacht nach hinten und versperrt damit fast den Weg der Sonnenbrocken in den

Hals? Auch diese Tatsache ist eigentlich einfach zu verstehen. Es ist schließlich die Spitze der Zunge, die mit sehr feinen, kaum merkbaren Bewegungen die Sonnenbrocken aus der Maulhöhle in den Hals befördert, so dass sie, ohne die Hals- und Speiseröhrenwände zu berühren, bis in den Magen fallen.

Wenn man bedenkt, was für eine große Arbeit die Zungenspitze im Laufe der Nacht verrichten muss, so ist es doch verwunderlich, dass wir von diesen Bewegungen bei der scheinbaren (oder doch anscheinenden?) Unbeweglichkeit der funkenglitzernden Zunge, also der sogenannten Milchstraße, gar nichts mitbekommen. Mir scheint es für dieses Problem nur eine Lösung zu geben: So wie auch Schlangen oder andere Amphibien eine gespaltene Zunge haben, so scheint es mir logisch erforderlich, dass der große Frosch zwei Zungen hat. Die eine obere Zunge, die wir des Nachts als funkelnde Milchstraße sehen, ist relativ unbeweglich, so wie es unserer Beobachtung des Nachthimmels entspricht, und verrichtet mit ihrer Spitze nur die Feinarbeit, die Sonnenbrocken gezielt in den Hals zu werfen. Die untere Zunge hingegen, die wir nicht sehen können, weil sie zum einen von der oberen Zunge verdeckt wird und zum anderen weil sie vor allem im unteren Teil der Maulhöhle operiert, die wir von unserer Halsposition aus nicht sehen können, diese untere Zunge also transportiert die Sonnenbrocken vom Maulboden, wo sie nach dem Abbeißen vom Sonnenkörper herunterfallen, zu der Lage in der Nähe des Halses, wo die Spitze der oberen Zunge sie dann in den eigentlichen Hals befördert. Eine andere logische Erklärung für das, was wir des Nachts sehen, gibt es meines Erachtens nicht. Wir müssen allerdings damit leben, viele Phänomene bleiben uns verborgen, weil sie im Dunkeln oder außerhalb unseres Blickfeldes stattfinden. Wir können dann nicht anders, als uns diese Dinge oder diese Phänomene durch logisches Denken wenigstens vor unserem geistigen Auge sichtbar zu machen.

Wieso jedoch sehen wir tagsüber nicht die ausgestreckten Zungen des großen Frosches? Auch das ist simpel, wie man jetzt sehen kann. Der große Frosch streckt am Morgen die beiden Zungen aus dem Mund, aber so, dass diese links und rechts seines Maules stehen – also wieder außerhalb unseres Blickfeldes. Der Grund für dieses Verhalten liegt darin, der große Frosch will die Sonne in ei ner Art Zangengriff nehmen, was ihm jedoch erst am Abend gelingt, so dass wir beim Abendrot links von der roten Sonne die linke Zunge und rechts davon die rechte Zunge sehen. Diese Bemerkung musste ich hier einfügen, damit das Bild von dem Abendrot, das ich zuvor entworfen habe, noch genauer wird.

Eine andere Frage, die wir uns noch stellen müssen, ist die des sogenannten Mondes. Was ist der Mond? Auch das ist keine komplizierte Angelegenheit. Wir haben zuvor gesagt, jeden Tag bildet sich eine neue Sonne, die die ersetzt, die von dem großen Frosch gegessen wurde. Den Mond muss man also als eine noch unfertige Sonne ansehen, die zwar ebenfalls Licht ausstrahlt, aber noch keineswegs die Kraft der reifen Sonne hat, so wie ein Neugeborenes noch viel schwächer ist als ein erwachsener Mensch. Dass man den Mond manchmal kaum oder andere Male nur als ein Viertel oder zur Hälfte sieht, ist für mich ein deutlicher Beweis, es handelt sich um eine Sonne, die noch im Entstehen ist, die erst am Morgen oder dann im Laufe des Tages sich voll entfaltet in all ihrer Kraft und Herrlichkeit.

Eine weitere Schwierigkeit meines Weltmodells wird mir in diesem Moment bewusst. Wenn unser Bewusstsein es so eingerichtet hat, dass wir nicht die Wand erleben, an der unsere Häuser und wir selbst objektiv gesehen hängen, sondern dass wir in einer Ebene leben, so bleibt doch das

Problem, wenn wir nach oben also eigentlich geradeaus blicken, dass wir dann in der Ferne nicht den Himmel, sondern die andere Halswand erblicken müssten. Doch auch hierfür gibt es einen logischen Grund, weswegen dem *nicht* so ist. Unser Bewusstsein ist so stark, es nimmt unsere objektive Lage in der Welt, in unserem Fall an der Halswand des großen Frosches, anders wahr und stellt sie anders dar, als sie ist. Das ist eine enorme Leistung, auf die wir stolz sein können, die uns vor allen anderen Lebewesen auszeichnet. Unser Bewusstsein ist so stark, es verändert die Realität tatsächlich, dass wir also auch für die Tiere und die Pflanzen in einer Ebene leben. Doch unser Bewusstsein ist nicht unendlich oder mit anderen Worten, es hat nur eine begrenzte Reichweite, d. h. jenseits eines gewissen Radius, bis zu dem das Bewusstsein mit seiner Kraft die Realität seinem Willen unterwirft, stellen sich die objektiven Gesetze der Welt wieder her. Das bedeutet in unserem Fall, wir müssten laut unserem Bewusstsein die gegenüberliegende Halswand über uns haben, aber die Abschwächung unserer Bewusstseinskraft bringt es mit sich, dass sich der Himmel in einer gewissen Entfernung von uns wieder nach oben dreht, also in seine objektive Lage zurückkehrt. Deshalb sehen wir, wenn wir nach

oben schauen, nicht die gegenüberliegende Halswand, sondern den Himmel. Das Kuriose an dieser Wiederherstellung der Objektivität ist, die gegenüberliegende Halswand können wir nie mit
unseren Augen sehen, sie bleibt verschwunden.

Vielleicht kann man zu diesen Grenzen des Be-
wusstseins noch ein weiteres Beispiel anführen,
Berge, die wir in weiter Ferne sehen, sind ein
schöner Beweis dafür, wo unser Bewusstsein auf-
hört und sich die Gesetze unserer objektiven
Welt wieder etablieren, d. h. die Berge – und man
spricht ja von der Bergwand – sind ein Zeichen,
wo die Wirklichkeit der Halswand ihre Rechte
einfordert und die Welt wieder in eine vertikale
Richtung übergeht. Wenn eine Bergwand also
wirklich ein Teil der Halswand des großen Frosches ist, muss sie eigentlich bis in den Himmel
steigen bzw. erst dort aufhören, wo im Froschin-
neren der Übergang vom Hals in die Maulhöhle
stattfindet. Außerdem müssen die Berge nicht
einzeln auftreten, sondern insgesamt eine geschlossene Wand bilden. Auch wenn es den ge-
bildeten Leser verblüffen mag, es verhält sich tatsächlich so. Ich will das erläutern.

Vor ein paar Jahren habe ich meinen Enkelsohn
einmal auf einer Dienstreise nach München be-
gleitet. Er hatte gemeint, ich solle einmal

wegkommen von meinem Froschteich, ich solle mal auf andere Gedanken kommen. Ich war anfangs skeptisch gewesen und wollte von einer solch weiten Reise, wie ich sie noch nie unternommen hatte, nichts wissen, aber mein Enkel hat insistiert und insistiert, bis ich schließlich nachgegeben habe. Wir fuhren mit der Eisenbahn und brauchten nur wenige Stunden von Leipzig bis München. Ich begleitete meinen Enkel zu seinen Verabredungen und musste mir das erste Mal in meinem Leben feine Kleider anziehen, die mein Enkel für mich in Leipzig hatte nähen lassen. Ich fühlte mich in diesen Anzügen wie ein großer Kurfürst, der vor allen anderen Menschen keine falsche Bewegung machen darf, und habe bei diesen Treffen deshalb starkes Unwohlsein verspürt. Schließlich waren alle offiziellen Besuche abgeleistet und am übernächsten Tag würden wir zurückfahren, wie mir mein Enkel eröffnete. Er hatte einen schelmischen Blick in den Augen, als ob er mit mir noch etwas vorhabe, aber den ganzen Samstagsabend über sagte er mir nicht, was das sein könne. Am Sonntagmorgen jedoch scheuchte er mich früh aus den Federn und schleppte mich zum Hauptbahnhof. Ich hoffte bereits, wir würden einen Tag eher als geplant in den Zug nach Leipzig steigen, aber zu meiner großen Enttäuschung nahmen wir einen Zug nach Innsbruck. Ich fürchtete bereits, mein Enkel plane mit mir eine Reise bis nach Italien und es würde vielleicht Monate dauern, bis ich wieder in meinem trauten Dorf einträfe. Ich stieg also nur widerwillig in den Zug. Mein Enkel bedeutete mir, ich solle an einem Fensterplatz sitzen, und er schärfte mir ein, ich solle wenigstens einmal in meinem Leben nicht an den Froschteich oder an unser Leben im Froschhals denken. Mein Enkel sagte tatsächlich zu mir, die Welt ist eine offene Welt. Sie funktioniert ganz anders, als du denkst mit deinen verschrobenen Theorien. Ich war beleidigt, dass mein Enkel mir solche Frechheiten sagte und meine jahrzehntelangen Bemühungen, die Welt in ihren Zusammenhängen zu verstehen, mit einem einzigen Satz als Verschrobenheit, als Nichtigkeit, als Lüge abtat.

Der Zug war losgefahren, ich hatte mich an meinen Platz gesetzt und blickte trotzig aus dem Fenster. Die Landschaft rauschte wieder an mir vorbei, doch zuerst unmerklich und dann immer deutlicher, trat am südlichen Horizont die Kette der Alpenberge hervor. Sobald ich das Bild in meinem Bewusstsein fixiert hatte, war ich wie elektrisiert. Ich wusste sofort, was dieses „Panorama" – ein Wort, das ich von den anderen

Mitreisenden aufgeschnappt hatte, die alle mit großen Augen auf eben diesen Anblick schauten – was dieses Panorama zu bedeuten hatte. Fast mit Tränen in den Augen ergriff ich die Hände meines Enkels und dankte ihm in überschwänglichen Worten für dieses Erlebnis, das ich nicht erwartet hatte und das ich in meinem Leben nicht vergessen werde. Den Rest der Fahrt, d. h. bis wir in Kufstein ausstiegen und mit einem anderen Zug fast unmittelbar zurück nach München fuhren, verbrachte ich damit, mir diesen Anblick für immer in meinem Kopf und meiner Seele einzubrennen. Etwas Schöneres, etwas Erhabeneres habe ich in meinem Leben kaum erlebt.

Ich muss meine Gedanken dem Leser nochmal vor Augen führen, um ihm meine Erregung verständlich zu machen. Wenn die Berge in der Ferne der Übergang von unserem Ebenenbewusstsein, wie ich es nennen möchte, zur objektiven Realität der Halswand des großen Frosches darstellen, so bedeutete diese geschlossene Kette an Bergen, die weit in den Himmel hineinragte, ohne ihn jedoch wirklich zu erklimmen, und die sich – dessen war ich sicher, auch wenn ich es nicht sehen konnte – wie ein riesiger Kreis um uns schließen musste, dann bedeutete dieses Gebirgsbild also, auf diese Weise ließ sich sehr genau unsere Position an der Halswand des großen Frosches bestimmen, denn dieser Bergring, wie ich ihn nennen möchte, markierte nichts anderes als den Übergang vom Hals in die Maulhöhle, was eben auch die Tatsache erklärte, dass die Bergkette nicht ganz bis in den Himmel reichte, sondern dass sich der Raum oberhalb der Berge eben zum weiten Rachen oder „Himmel" der Maulhöhle öffnete.

Als ich meinem Enkel meine neuen Erkenntnisse erläuterte, sagte er in spitzem Ton, aber wenn man direkt vor den Bergen steht, sieht man, es sind alles einzelne Berge und zwischen ihnen ist viel Platz. Das Wort Bergkette oder Bergring kann man also nicht wörtlich nehmen, sondern es ist mehr ein bildlicher Ausdruck, fuhr mein Enkelsohn fort. Ich entgegnete ihm, die Berge in der Ferne sind eine eigene Realität, die mit den Bergen aus der Nähe nicht übereinstimmen muss. Du selbst hast mir einmal gesagt, wenn man eine glatte Haut unter einem Mikroskop anschaut, erscheint sie plötzlich ganz zerklüftet und vollkommen uneben, und dennoch kann kein Zweifel daran bestehen, die Haut weist eine zusammenhängende glatte Oberfläche auf. Was ist nun die Wahrheit? Es sind beides Wahrheiten. Mein Enkel seufzte und schwieg.

Selten in meinem Leben habe ich mich glücklicher gefühlt als auf dieser Fahrt nach Kufstein. Auch dass mein Enkelsohn wegen meiner Begeisterung über diese Entdeckung nur den Kopf schüttelte, tat meinem Hochgefühl nicht den geringsten Abbruch.

Eine Frage bleibt noch zu erörtern, weswegen ist das Leben des Menschen, der Tiere und der Pflanzen an der Halswand des großen Frosches entstanden? Wer hat das so gewollt oder hat sich dieses Leben ganz von sich aus entwickelt? Da dieses Heft schon ganz vollgeschrieben und kaum mehr Platz in ihm ist, will ich zu diesem Thema nur Folgendes sagen: Meines Erachtens ist das Leben im Froschhals durch den Froschtabak entstanden, denn dieser enthält organische Nährstoffe, die über die Wolken und den Regen auf den Boden gelangen, so dass hier im Laufe von vielen Jahren immer mehr Leben entstanden ist. Die Frage, ob der große Frosch dieses Leben mit Absicht geschaffen hat oder es nur ein Zufallsprodukt ist, scheint mir im Übrigen müßig und vollkommen unwichtig. Auch die Frage, ob der große Frosch selbst unsterblich oder hingegen sterblich ist, vermag ich nicht zu beantworten. Ich wünsche ihm allerdings, auch in unserem eigenen Interesse, ein langes Leben und bin diesbezüglich sogar recht zuversichtlich.

Unter den Bauern der Umgebung genieße ich den Ruf eines Sonderlings, eines Mannes, der zu viel denkt. Gleichzeitig haben die Menschen meines Dorfes großen Respekt vor mir, weil ich so viele Dinge verstehe, die sie sich nicht erklären können. Ich kann außerdem schreiben und meine Gedanken suchen immer nach einer Ursache und bevor ich nicht eine Ursache für etwas gefunden habe, gebe ich keine Ruhe. Wenn ich aber die Ursache für etwas entdeckt habe, wie ich es hier in diesem Text an einigen Beispielen versucht habe zu erklären, breitet sich eine wunderbare Ruhe in meinem Inneren, in meiner Seele aus und dann weiß ich, Wissen ist eine großartige Sache, das den Menschen bereichert und ihm das Leben einfacher macht. Mein Enkel sagt mir, auch unsere neue Welt, die dir mit ihren vielen Städten, deren Schornsteinen und deren Motorenlärm so missfällt, ist eine Folge von Wissen, worauf ich ihm entgegne, es gibt eben gutes und schlechtes Wissen, aber über diese doch unzweifelhafte Aussage hat mein Enkel nur gelacht.
Da ich aber im Dorf als eine Art Magier gelte, feiern wir hier seit einigen Jahren ein Froschfest.

Wir singen dabei schöne Lieder, tanzen Frosch-
tänze oder hören einfach nur schweigend den
Fröschen am Teich zu, wie sie quaken. Eines dieser Lieder geht folgendermaßen:

> Oh du Frosch, du Ewiger,
> gib uns deinen Schleim
> für die Tiere und das Heim.
> Nichts ist uns seliger,
>
> als immer bei dir zu sein.
> Lass uns deine Kraft verspüren;
> Öffne deine glitsch'gen Türen,
> schenk uns ein den grünen Wein.
>
> Wir wollen fröhlich trinken,
> uns laben am Geschlabber,
> erquicken am Gesabber,
> tief in deinen Schlund versinken
>
> und doch auf allen Beinen hüpfen.
> Wenn nach dem Sonnenfangen
> Menschen zur Ruh' gelangen,
> müd' unter die Decke schlüpfen,
>
> passt du quakend auf uns auf,
> bis dein Maul wieder aufgeht

und die Sonne über uns weht.
So ist nun mal des Lebens Lauf.

Lang leben die kleinen Lärmer,
die uns am Teich erfreuen
und unser Festtuch versäuen.
Was sind wir doch für Krämer!

Lang lebe auch der große Frosch,
der gierige Sonnenfresser
und sanfte Menschenverbesser':
Drum sei auch du gut und forsch!

Und wenn wir vom Singen ganz heiser geworden
sind, dann nennen wir das, einen Frosch im Hals
haben, und diese Verdrehung der eigentlichen
Tatsachen kommt uns so komisch vor, dass wir
uns vor lauter Lachen den Bauch halten müssen.
Mein Enkel, der zu diesem Fest extra aus Leipzig
angereist kommt, muss über diesen Ausdruck
ebenfalls schmunzeln, als ob auch er, der große
Skeptiker, allmählich anfängt, an den großen
Frosch zu glauben, in dessen Hals wir alle leben.

Fenster

Das Fenster war ein großes Fenster, das zu einer Bank direkt am neuen Potsdamer Platz gehörte. Dennoch war das Fenster unzufrieden mit sich selbst. Einmal hatten Linksextremisten es mit Farbbeuteln beworfen. Es hatte Wochen gedauert, bis es sich von diesem Schock erholt hatte. Danach war der Sommer ausgebrochen und das Fenster stöhnte unter der Hitze, aber es konnte nicht schwitzen, da es nicht aus Wasser bestand. Bald darauf war es wieder Winter geworden und das Fenster hätte sich ständig die Glasnase schnäuzen mögen, wenn es eine solche gehabt hätte. Dann war es nach längeren trockenen Jahren wieder zu vermehrten Regenfällen gekommen und die Regentropfen hinterließen Dreck auf der Fensterscheibe, was sie besonders ärgerte, denn wenn der Regen am Dienstag kam, dauerte es bis zum Montag, bis das Fenster wieder gereinigt wurde. Das war so, als ob ein Bankmanager sechs Tage mit einem fleckigen Hemd herumlaufen musste, weil seine Waschmaschine keine Lust hatte, seine weißen Hemden zu waschen. Das Fenster hatte also viele Gründe, mit seiner Lage zu hadern, aber es hatte keinen Mund, um sich zu beschweren, keine Hände, um einen Beschwerdebrief zu verfassen, und keine Füße, mit denen es seinen Gegnern gegen das Schienbein hätte treten können. Doch obwohl ihm in seinen Augen so vieles fehlte und es so manche Unbilligkeit zu ertragen hatte, hielt es große Stücke auf sich selbst. Immerhin war es das Fenster des Vorstandsvorsitzenden der Bank und durfte jeden Tag wichtigen Sitzungen, Gesprächen und Telefonaten beiwohnen.

Eines Tages jedoch ging die Bank pleite und nach einer Zeit des Leerstands zog in die Räumlichkeiten ein Yogastudio ein. Das Fenster dachte lange Zeit, von diesem Schock werde es sich nie erholen. Es lag im zweiten Stock und hatte eine gute Aussicht auf die unter ihm liegende Straße. Bisher hatte es seinen Blick vor allem ins Rauminnere gewandt, weil dort wichtige Dinge geschahen, die es nicht verpassen wollte. Die Yoginis hingegen würdigte es jetzt keines Blickes. Wenn es nunmehr Muße hatte, schaute es dem Treiben auf der Straße zu und kommentierte mit allerlei höhnischen Bemerkungen das in seinen Augen immer frecher werdende Benehmen der Fußgänger, Rad- und Autofahrer, die sich gegenseitig das Leben schwermachten. Jeder von den Menschen, die dort unten herumliefen und -fuhren, schien nur sich selbst zu kennen, im Gegensatz zu den Fenstern, die stets füreinander einstanden. Das

Fenster wusste, das stimmte nicht, was es gerade dachte, denn niemand war egoistischer als es selbst, aber wenn es in seiner augenblicklichen Gekränktheit über die Menschen auf der Straße herzog, so lag darin auch Neid, weil die Menschen dort unten frei herumlaufen konnten.

Bisher war das Fenster mit seinem Status trotz allem zufrieden gewesen und hätte nie gedacht, etwas anderes sein zu wollen als ein Fenster, aber die Degradierung zu einem Yogastudiofenster ließ bei ihm den Wunsch aufkommen, etwas anderes zu sein. Zunächst war das eine ganz unbestimmte Sehnsucht, die jedoch immer stärker wurde. Erst wollte es ein Fenster sein wie in dem historischen Meistersaal gegenüber, denn in der Vergangenheit war seiner Ansicht nach alles besser gewesen, da hatte man die Würde eines Fensters noch respektiert, da galt ein Fenster noch etwas. Oder selbst wenn man damals erniedrigt wurde, so hatte man den Grund in einem eigenen Fehlverhalten zu suchen. Das Fenster aber war sich bei der Pleite der Bank keiner eigenen Schuld bewusst. Es war Opfer.

So stolz das Fenster bisher auf die Banken als den eigentlichen Motor der Wirtschaft gewesen war, so sehr verachtete es sie jetzt. Im Grunde, musste es selbstkritisch zugeben, waren auch die Jahre, als es stolz dem Vorstandsvorsitzenden der Bank gedient hatte, eine Zeit gewesen, in der die Dinge mehr glänzten als Substanz hatten. Wie oft hatte es den Vorstandsvorsitzenden am Abend gesehen, wie er mit seinen Mitarbeitern feierte und sie ein Glas Champagner nach dem anderen austranken und sich dabei mit jungen Frauen amüsierten.

Wenn es ehrlich zu sich selbst war, war diese Zeit aber auch berauschend gewesen, gar nicht unbedingt wegen des Champagners, sondern das Fenster entsann sich, als es einmontiert wurde, war das eine Zeit der Hoffnung, in der man glaubte, die Dinge könnten tatsächlich besser werden. Als es zusammen mit den anderen aus der Glasfabrik zur Baustelle am fast fertigen Potsdamer Platz gebracht worden war, fühlte man sich gemeinsam stark, es gab keine Unterschiede zwischen den Glasscheiben. Man war eine von vielen und sah sich als Pioniere eines wiedervereinten Berlins. In neuen Formen knüpfte man an die alte Tradition des Potsdamer Platzes an, und das Fenster glaubte tatsächlich, nun sei eine goldene Zeit hereingebrochen, als sich herausstellte, es war zum Fenster des Vorstandsvorsitzenden der Bank auserkoren worden.

Keiner konnte ahnen, wie seelenlos dieser Platz in den folgenden 20-25 Jahren werden würde. Der Platz war mehr eine Durchgangsstation, als dass er ein eigenes Leben besaß. Die Hoffnungen in ihn hatten sich nicht erfüllt. Aber all das sah das Fenster erst, seitdem es selbst zu einem Yogastudiofenster herabgesunken war. Bis dahin hatte es die Zeichen des Niedergangs nicht wahrhaben wollen.

Der Potsdamer Platz war für das Fenster trotzdem bisher der Mittelpunkt seines Lebens gewesen. Es kannte praktisch nichts anderes. Wenn es ein kleines Schulfenster gewesen wäre, hätte es sich vermutlich mit diesem Leben zufriedengegeben, aber der Potsdamer Platz war eben keine unbedeutende Schule, sondern er wies ständig über sich hinaus, wollte ein Weltplatz sein.

Auch die Bank, zu der das Fenster lange Zeit gehörte, hatte darauf spekuliert, Berlin würde im Laufe der Jahre zu einem großen und wichtigen Finanzplatz werden, und da wollte sie als eine der Ersten an prominenter Stelle mit dabei sein. Es stellte sich bald heraus, viele dieser Hoffnungen wie auch der Potsdamer Platz selbst waren auf Sand gebaut und realisierten sich nicht. In den ersten Jahren krebste die Bank vor sich hin und musste sich mit dem begnügen, was die kleine

Berliner Wirtschaft an Kreditfinanzierungen her-
gab, oder aber sie musste sich auf hochriskante
Finanzgeschäfte einlassen, da alle anderen lukra-
tiven und weniger heiklen Finanzfelder schon
vergeben waren. Die Bank hatte sich nach der
Jahrtausendwende in hochspekulative Geschäfte
gestürzt und musste während der Lehman-Krise
vom Staat gerettet werden. Jetzt nach dem Beginn
des Ukrainekrieges hatte es wieder sehr schlecht
ausgesehen für die Bank. Sie hatte in die ukraini-
sche Energiewirtschaft große Summen Geld in-
vestiert, obwohl viele gewarnt hatten, das sei ein
riskantes Geschäft.

Es müssen zehn Banken sich aufplustern, damit
eine überlebt, wie ein anderes Fenster am Vortag
zu dem CEO-Fenster gesagt hatte. *Tant pis* für die
neun anderen Banken, die auf der Strecke blieben. Die Mitarbeiter dieser Pleitebanken müssten
sich alle neu erfinden, so wie das auch den Fenstern gelingen werde, wie das andere Fenster mit
der Hoffnung der Verzweiflung hinzugefügt
hatte.

Widerwillig zwar nahm das Fenster die Worte
seines Kollegen zum Anlass, um auch mal wieder
ins Rauminnere zu schauen. Manchmal hörte
und sah das Fenster jetzt bei den Yogastunden zu
und es verstand, dass es viel um Dehnung ging,

damit der Körper elastisch und fit bleibe. Tatsächlich fand das Fenster irgendwann Gefallen an diesen Kursen und verfolgte sie mit zunehmender Leidenschaft. Manchmal wurde das Yogastudio auch für Judokurse genutzt und das Fenster lernte insbesondere, es sei wichtig, wie man falle, wenn der Gegner einen zu Boden werfe.

Auf diese Weise wuchs in dem Fenster immer mehr nicht nur die Sehnsucht, sondern auch die Gewissheit heran, nicht nur ein Fenster zu sein, sondern ein besseres Leben zu verdienen. Das Fenster lockerte sich durch seine Yogaübungen immer mehr aus seinen bisherigen Bindungen und eines Nachts musste es nur noch etwas an seinen Halterungen rütteln, damit es tatsächlich aus seinem Rahmen und auf den Bürgersteig fiel. Es hatte von den Judokas gelernt, weich zu fallen, so dass es nicht in tausend Stücke zersplitterte, als es auf den Steinplatten landete. Zum Glück war es Nacht und der Bürgersteig menschenleer. Das Fenster rollte sich zusammen, wie es das beim Yoga gelernt hatte. Endlich konnte es sich bewegen wie ein Auto, endlich konnte es die Welt entdecken. Begeistert rollte es durch das nächtliche Berlin. Es geriet in eine übermütige Stimmung und rief überall, Platz da, Platz da, aber es hatte ja keine Stimme, so dass niemand seine Schreie vernehmen konnte, und niemand konnte es wegen seiner Durchsichtigkeit sehen, so dass es mehrfach nur knapp einem Unfall entging. Also wurde es vorsichtiger und begab sich auf Nebenstraßen, wo es aber oft mühsam über Kopfsteinpflaster rollen musste.

Schließlich dämmerte es. Das Fenster war an den Stadtrand gelangt. Es hatte in seinem bisherigen Leben nur die Stadt kennen gelernt und war erstaunt, dass es auch Wiesen, Wälder und Felder gab. All dieses Grün gefiel ihm außerordentlich. So rollte es schließlich nach Brandenburg, wo es fast von einem verschlafenen Berlinpendler gerammt worden wäre. Der Autofahrer traute seinen Augen nicht, als das Fenster, an dem schon einiger Staub klebte, ihm in letzter Sekunde auswich und dann einfach weiterrollte. Mit seinem Handy alarmierte er die Polizei. Es kamen gleich drei Einsatzwagen. Das Fenster hatte sich auf einer abgemähten Wiese als Heuballen getarnt und blieb unerkannt. Es rollte immer weiter Richtung Süden und am Abend sah es sich in einem OpenAir Kino den Film *Matrix* an und lernte, wie es selbst Gewehrkugeln ausweichen konnte.

Es wurde Spätsommer und die Nächte kälter. Das Fenster beschloss, es müsse eine Unterkunft finden. Es wollte sich endlich wieder in einem Haus aufhalten, denn Fenster und Häuser unterhalten eine enge Verbindung miteinander. An der Grenze zu Sachsen wohnte es einige Zeit bei einer Freundin von mir, die das Fenster wusch und ihm für die Nacht eine Decke überlegte. Das Fenster schlief auf der Terrasse. Es war zwar froh, wieder an einem Haus zu sein, aber es konnte andererseits nicht mehr ohne den Sternenhimmel sein. Es war eine erstaunliche Verwandlung vorgegangen in ihm, seitdem es aus dem Gebäude am Potsdamer Platz gefallen war. Bisher waren die Durchsichtigkeit und die Bewegungslosigkeit sein durch den Menschen vorgesehener Lebenszweck gewesen. Es hatte schon länger an dieser Fremdzuordnung gezweifelt, aber die wenigen Tage im Land Brandenburg hatten in ihm einen unstillbaren Durst nach Freiheit, nach Bewegung und Abenteuer aufkommen lassen. Es wollte nie wieder ein langweiliges Fenster sein. Trotzdem tat es ihm gut, sich ein paar Tage bei meiner Freundin auszuruhen. Sie konnten sich nicht miteinander unterhalten, weil keiner die Sprache des anderen sprach, aber sie wurden trotzdem rasch vertraut miteinander. Meine Freundin ist Gesangslehrerin und singt selbst so schön, dass es dem Fenster durch die ganze Scheibe ging. Es wollte gerne selbst singen können. Meine Freundin brachte ihm bei, sich so zusammenzurollen, damit der Wind durch es hindurchblies und es wenigstens einfache Töne hervorbringen konnte. Die Hündin meiner Freundin jedoch bellte dieses rollende und singende Wesen den ganzen Tag an, bis meine Freundin dem Fenster bedeutete, es müsse weiterziehen.

Wenn die Menschen auf dem Lande das Fenster vorbeirollen sahen, glaubten sie, es sei ein Geist unterwegs, und riefen sofort die Polizei. Ein junger, nervöser Polizist schoss sogar auf das Fenster, aber es wich den Kugeln geschickter aus als selbst Keanu Reeves. Das Fenster war vollkommen elastisch geworden und vermochte blitzschnell seine Gestalt zu ändern. Als ein Offizier der Bundeswehr es an der bayrischen Grenze erblickte, wusste er sofort, seine Vorgesetzten würden sich ungemein für dieses Fenster interessieren.

Das Fenster merkte bald, das Militär war nunmehr hinter ihm her und wollte es fangen. Es beschloss daher, nur noch nachts zu reisen. Die Nächte wurden immer kühler, doch der durch die Verfolgung heiß gewordene Asphalt wärmte immer jenen Teil seiner Scheibe, das gerade den Boden berührte. Manchmal fand das Fenster auch Unterschlupf bei Freunden meiner Brandenburger Freundin. Bei diesen wurde es immer wieder gut gereinigt oder gar neu geschliffen, denn das Straßenpflaster hatte es immer mehr zerkratzt.

Es war Winter geworden und wieder Frühling und um all die Abenteuer des Fensters zu erzählen, reichte ein Buch von 500 Seiten nicht aus. Allmählich vollzog sich beim Fenster eine neue Verwandlung: Einmal wollte ein Mensch, bei dem es gerade untergekommen war, ihm einen Namen geben, weil so ein großartiges und inzwischen auch berühmtes Wesen einfach einen Namen tragen müsse, aber das Fenster wollte auf gar keinen Fall einen Namen haben, sondern einfach nur Fenster heißen. Im Laufe seiner Reise kam es ihm so vor, als ob es sich eine riesengroße Extrawurst gebraten habe, was ihm gar nicht zustehe. Der Wunsch, wieder ein ganz normales Fenster zu sein, verstärkte sich immer mehr in seiner Glasseele. Es sehnte sich sogar danach zurück, wieder nur das Fenster in dem Yogastudio am Potsdamer Platz zu sein.

Schließlich kam es zu meiner besten Freundin in der Nähe von Bonn. Deren Enkelin schrie vergnügt auf, wenn es in der Fensterrolle über den Rasen kullerte. Das kleine Mädchen, das sonst immer still und in sich gekehrt gewesen war, blühte auf und entwickelte eine schöne Fantasie. Das Fenster fühlte sich mit meiner besten Freundin und deren Enkelin sehr wohl und beschloss, für immer als Fenster in diesem Haus zu bleiben.

Die Bundeswehr hatte eine hohe Belohnung für die Ergreifung des rollenden Fensters ausgesetzt. Eine Nachbarin meiner besten Freundin erkannte, das gesuchte Wesen hielt sich just im Nachbarhaus auf, und sie verriet es. Eines Morgens stürmte ein Trupp Soldaten den Garten, in dem das kleine Mädchen und das Fenster gerade miteinander spielten. Während mehrere Soldaten letzteres festhielten, stülpte ein anderer Soldat ein Drahtnetz über das Fenster. Es wurde in ein Geheimlabor auf der Hardthöhe gebracht, wo man es eingehend untersuchte, doch das Fenster hatte sich inzwischen wieder flach auf den Boden gelegt und weigerte sich, seine Form auch nur um einen Millimeter zu ändern, bis die Wissenschaftler es resigniert aufgaben, hinter das Geheimnis des rollenden Fensters zu kommen, und es zurück nach Berlin schickten.

Als die Berliner hörten, das Fenster, das auch hier längst zu einer Berühmtheit geworden war, kehre zurück in die Hauptstadt, forderten sie, das

Fenster müsse gebührend geehrt und als Denkmal am Potsdamer Platz aufgestellt werden. Bei einem Ortstermin direkt unterhalb des Yogastudios blickte das Fenster sehnsüchtig zu dem neuen Fenster hoch, das seinen Platz eingenommen hatte. Es wollte aber auch keine Touristenattraktion sein, an das sich alle möglichen Leute schmiegten, um sich mit ihm fotografieren zu lassen. So war das Fenster froh, als das Bezirksamt von Mitte Bedenken anmeldete, Menschen könnten trotz möglicher Warnschilder gegen das Fensterdenkmal laufen und sich dabei verletzen. Außerdem sei das Fenster durch die langen Reisen unansehnlich geworden und müsse aufwändig generalüberholt werden, bevor es als Denkmal dienen könne. Da es zu keiner Einigung des Bezirks mit dem Berliner Senat über diese Fragen kam, wurde das Fenster bis zu einer endgültigen Entscheidung über sein Schicksal in einem Depot in Steglitz gelagert, wo es bis zum heutigen Tag steht. Meine Freundin aus Brandenburg besucht es gelegentlich und singt ihm etwas vor, wenn sie ehedem in Steglitz verweilt, um auf dem Wochenmarkt Tomaten, Zucchini, grüne Bohnen und Salatgurken aus ihrem Garten zu verkaufen. Ansonsten hat Fenster, wie er jetzt von allen genannt wird, nach all den Aufregungen wieder viel

Muße, schaut aus einem Kollegen auf den Steglitzer Stadtpark, der an das Depot grenzt, und empfindet es weiterhin als großes Privileg, auf seiner Rollreise so viele Dinge erlebt zu haben. Damit ein Zeichen dieser Abenteuer bleibe, hat Fenster meine Freundin gefragt – die beiden haben inzwischen gelernt, sich über den Gesang zu verständigen –, ob sie jemanden kenne, der bereit sei, seine Geschichte aufzuschreiben. Sie hat gemeint, sie habe einen Freund in Steglitz, und so bin ich zu der Ehre einiger unvergesslicher Gesangsstunden mit Fenster gekommen.

Das Stadtküken

Eine junge Frau, bei der ich nicht sicher war, ob
ich sie schon einmal gesehen hatte, kam mir auf
der Dorfstraße entgegen. Ich hatte einen längeren
Spaziergang im Wald unternommen und wollte
gerade in mein Auto steigen, das ich auf dem
Parkplatz vor der Dorfkneipe abgestellt hatte. Die
junge Frau hielt ein Küken in den Händen, das sie
mir überreichte. Ich dachte zunächst, ich solle das
kleine Wesen nur einen Moment in meinen Händen verwahren, während sie sich ihre Nase
schnäuzte oder etwas anderes erledigen wollte,
wozu sie ihre Hände brauchte. Die Frau, die mehr
wie eine Städterin als wie eine Dorfbewohnerin
gekleidet war, schaute mich mit Augen an, in denen halb Spott und halb Aufforderung lag. Mir
ging ein früheres Bild durch den Kopf, das aus
mehreren übereinander gesetzten Fotos von ver-
schiedenen Frauen bestand, sodass das Bild den
Eindruck eines vollkommen neuen Menschen
vermittelte, der jedoch nicht wirklich real schien.
Ich schaute der Frau, die die Hände inzwischen
spöttisch herausfordernd gegen ihre Flanken ge-
stemmt hatte, nun ebenfalls in die Augen und
verlor mich augenblicklich in einem Meer dunk-
ler Traurigkeit, die mir fast den Atem nahm.
Schließlich, nachdem vielleicht anderthalb Minu-

ten des Schweigens verstrichen waren, wollte ich der Frau das Küken zurückgeben. Sie jedoch bedeutete mir, es sei mein Küken. Ich wusste nicht, wie ich zu dieser Ehre kam, und wies das Geschenk zurück. Da ich in der Stadt wohne, hätte ich in meiner Zweizimmerwohnung auch keinen Platz für ein Huhn oder einen Hahn gehabt. Die junge Frau jedoch blieb bei ihrer Haltung, ich solle das Küken nehmen. Schließlich gab ich nach, weil ich nicht wusste, wie ich mich anders aus dieser Situation befreien konnte.

In der einen Hand das Küken haltend und mit der anderen das Auto aufschließend, setzte ich das kleine Vogelvieh auf den Beifahrersitz. Ich würde vorsichtig fahren müssen, denn ich wollte das Tier im Auge behalten. Wenn ich allerdings in eine Polizeikontrolle geriet, würde ich ein Problem haben, aber ich hatte Glück und wir kamen gut und sicher in der Tiefgarage des Hauses an, in dem ich im dritten Stock wohne. Unterwegs warf ich hin und wieder einen Blick auf das Küken, um mich einerseits zu vergewissern, dass es ihm gutging, und mich andererseits etwas vertrauter mit seinem Aussehen und seinem allgemeinen Zustand zu machen. Wie alle Kinder des gemeinen Legehuhns hatte es einen gelben Pelz und schien erst wenige Tage alt zu sein. Es wirkte zerbrechlich und hilflos. Offenbar hatte es Angst vor dieser ungewohnten Umgebung und vor dem großen Riesen, der zu seiner Linken ein Rad hin und her drehte. Mir kam meine Lage sehr komisch vor. Auch ich hatte Angst, das Küken werde bei meiner ungeschickten und unerfahrenen Fürsorge womöglich innerhalb weniger Tage eingehen. Doch die Frau, die mir den kleinen Vogel übergeben hatte, hatte mich mit solch durchdringenden Augen angeschaut, als ob sie mir nicht ein Küken, sondern ein neugeborenes Kind anvertraue. Dieser Blick war eine Mahnung, der ich mich nicht so leicht entziehen konnte.

Als ich schließlich im Flur meiner Wohnung stand, ohne im Aufzug einer meiner gefürchteten Tratschnachbarn begegnet zu sein, atmete ich auf. Ich setzte das Küken auf den Küchentisch. Ich weiß, man soll in Tiere keine menschlichen Gefühle hineinprojizieren, aber es schaute mich jetzt an, als ob ich ihm etwas schuldig sei, als ob es ein Wesen sei, das sich vollständig in meine Hände begab. Der Moment, an dem ich diese mir vollkommen ungewohnte Rolle noch hätte ablehnen können, war spätestens vorbei gewesen, als ich mit meinem neuen Mitbewohner die Wohnungsschwelle überschritten hatte. Innerlich verspürte ich Panik vor dieser Verantwortung. Ich malte mir aus, was ich alles falsch machen und damit das Leben des Kükens gefährden könne. Ich fühlte mich hilflos angesichts dieser Aufgabe, mich um ein gerade geborenes Leben kümmern zu sollen. Doch die Frau in dem Dorf hatte mir eben den Eindruck vermittelt, das Küken gehöre eigentlich mir und sie gebe es mir nur zurück. Was sollte das bedeuten? Ich habe mit dem Landleben nie etwas zu tun gehabt und auch nie jene typische Städterromantik von einem Leben auf dem Bauernhof verspürt. Ich bin in einer Großstadt geboren und habe immer in Großstädten gelebt. Seit etwa 25 Jahren wohne ich in B. Ich arbeite als freiberuflicher Architekt und habe mich auf barrierefreie Umbauten spezialisiert. In unserer Gesellschaft ist das ein Markt mit hohem Wachstumspotential. Ich bekomme viele Aufträge und habe nur wenig Freizeit. Wie sollte ich mich also um dieses Küken kümmern, wenn ich während der Woche kaum zuhause war? Was sollte ich ihm zu Essen geben? Wo sollte es schlafen? Das Küken zitterte, als ob ihm kalt sei. Es piepte in einem fort, als ob es sich fürchtete. Es pickte auf der Oberfläche des Küchentisches herum, als ob es endlich etwas zu essen haben wollte. Ich entsann mich, ich hatte eine Tüte Vogelfutter in einem Küchenschrank, die ich vor

längerer Zeit aus einem mir nicht mehr erinner-
lichen Anlass gekauft hatte; ich musste sie eine
Weile suchen, bevor ich sie fand, aber dann
streute ich dem noch immer wie versteinert da-
stehenden Küken einige Samen und Körner vor
die Krallen. Es schaute mich erst misstrauisch an,
als ob es glaubte, ich wolle es vergiften, aber dann
pickte es zunächst vorsichtig und dann immer
beherzter vor allem nach den kleinen Samen,
während es die größeren Körner eher ver-
schmähte. Als das Küken seine Mahlzeit beendet
hatte, stand es zunächst unschlüssig da, kam
dann aber auf meine Hand zugelaufen, die ich
ihm hinhielt. Mit einiger Energie pickte es mehrfach auf meine Handfläche, als ob es sich beschweren wolle, dass ich es so lange hatte Hunger
darben lassen. Dann lief es zum anderen Rand
des Tisches und schaute hinunter, aber die Höhe
vom Boden war ihm wohl doch zu groß, um das
Wagnis einzugehen hinunterzuspringen. Ich verstand aber, es wollte auf den Küchenboden gesetzt werden. Ich ging zur anderen Seite des Tisches, nahm das Küken in die Hand und setzte es
auf den Boden. Sofort eilte es in Richtung meines
Schlafzimmers, vielleicht weil es dort heller war
als in der Küche. Ich lief dem Küken hinterher.
Auf meinem Doppelbett hatte sich gerade ein

breiter Sonnenstrahl gelegt und das Küken schien nach diesem Licht zu streben. Ich setzte es auf das Bett. Es gab einen weichen Pieps von sich, den ich offenbar als Zeichen seiner Zufriedenheit auffassen sollte. Mir fiel ein, das Küken hatte die ganze Zeit noch nichts getrunken. Obwohl es sich sichtlich lieber weiterhin in dem Sonnenstrahl auf dem Bett gebadet hätte, lockte ich es schließlich wieder in die Küche, wo ich ihm einen Teller mit etwas Wasser auf den Boden stellte. Das Küken pickte zunächst auf den Rand des Tellers, bis es offenbar den Geruch des Wassers wahrgenommen hatte, auf den Tellerrand sprang und dann gierig die Wassertropfen in seinen Schnabel schlürfte. Obwohl es viel gegessen und viel getrunken hatte, zeigte es keinerlei Anzeichen von Müdigkeit, sondern wollte unmittelbar wieder in das Schlafzimmer zurück, wo sich der Sonnenstrahl aber inzwischen verzogen hatte. Trotzdem setzte ich das Küken wieder aufs Bett. Die noch verbliebene Sonnenwärme auf der Bettdecke ließ das Küken schließlich doch müde werden und nach kurzer Zeit war es eingeschlafen.

Ich ging in mein Arbeitszimmer, das gleichzeitig das Wohnzimmer war, und schaltete meinen Computer ein. Sobald er hochgeladen hatte, poppte eine Erinnerung meines digitalen Kalenders auf. Ich hatte vor lauter Beschäftigung mit dem Küken vollständig vergessen, ich hatte heute ein Date, auf das ich mich seit Tagen freute. Draußen wurde es langsam dunkel und in einer Stunde hätte ich in einem Restaurant am anderen Ende der Stadt sein müssen. Seit einer ganzen Reihe von Jahren war ich Single und sehnte mich seit einer gefühlten Ewigkeit nach einer dauerhaften Partnerschaft, aber mit den Frauen hatte ich kein Glück. In meinem Leben waren viele Beziehungen gescheitert, so dass man sich nicht einmal mehr grüßte, wenn man sich zufällig wieder auf der Straße begegnete. In manchen Fällen oder eigentlich allen Fällen, so schien es mir zumindest, lag die Schuld für das Scheitern der Beziehung fast ausschließlich bei mir, denn jedes Mal, wenn ich eine neue Freundin gefunden und es zunächst sehr hoffnungsfroh begonnen hatte, wurde ich nach kurzer Zeit zu einer Klette, die keinen Moment ohne die andere sein konnte. Meine Freundinnen fühlten sich von meiner dauerhaften Nähe zunächst geschmeichelt, aber schon nach relativ kurzer Zeit irritiert und vor den Kopf gestoßen, bis sie anfingen, mich abzulehnen und dann zu hassen, und mir nach sechs Monaten oder maximal einem Jahr den Laufpass gaben. Das Scheitern einer Beziehung warf mich jedes

Mal zu Boden und ich brauchte lange Zeit, bis ich mich davon erholte. Eigentlich hätte ich gerne Kinder gehabt, aber ich war jetzt 40 Jahre alt und machte mir wenig Hoffnungen, noch Vater werden zu können.

Ich hatte Susanne auf einer dieser modernen Dating-Plattformen kennen gelernt. Heute Abend waren wir zum ersten Mal miteinander verabredet, aber ich musste noch duschen, mir ein Hemd bügeln und meinen Bart stutzen, der seit Wochen einem unansehnlichen Wildwuchs glich. Mit anderen Worten: Entweder musste ich das Rendezvous absagen oder irgendeine andere Lösung finden. Das Küken durfte ich zudem nicht allein lassen. Mitnehmen konnte ich es auch nicht. Für etwa zehn Minuten stand ich da und wusste nicht, was ich machen sollte. Ich hörte das Piepen meines Schützlings und begab mich wieder ins Schlafzimmer. Ich musste eine Entscheidung treffen. Kurz entschlossen schickte ich Susanne eine Audionachricht, in der ich ihr meine Lage erklärte und sie fragte, ob sie nicht zu mir kommen wolle. Ich könne Spaghetti mit Tomatensoße kochen und hätte auch eine Flasche Rotwein hier bei mir. Als ich die Nachricht losgeschickt hatte, fragte ich mich, ob Susanne diese Nachricht als grobes Einreißen eigentlich noch zu beachtender sozio-physischer Grenzen verstehen, also als plumpen Versuch ansehen würde, sie gleich beim ersten Treffen in mein Bett zu locken Eine Viertelstunde lang erhielt ich keine Antwort, dann klingelte es an meiner Wohnungstür, doch es war ein Nachbar, der mir sagte, er wisse, ich sei ein vielbeschäftigter Mann, aber er flöge am nächsten Morgen für zwei Wochen in den Süden. Ob ich auf seine Pflanzen aufpassen könne. Er habe schon alle anderen Nachbarn gefragt, aber leider sei der Gemeinschaftsgeist in diesem Haus nicht sehr ausgeprägt. Ich sei seine letzte Hoffnung. Ich erwiderte, ich hätte keine Ahnung von Pflanzen und würde diese Aufgabe lieber nicht übernehmen. Er sagte, ich sei wirklich seine letzte Hoffnung. Ich gab nach. Er erklärte mir, welche seiner zahlreichen und offenbar seltenen Pflanzen ich wie oft und wie viel gießen müsse, und drückte mir schließlich seinen Zweitschlüssel in die Hand. Wenn möglich, solle ich auch alle zwei Tage den Briefkasten leeren, damit es nicht scheine, als ob niemand zuhause sei, sagte er mir noch, bevor er wieder in seiner Wohnung verschwand und seine Tür abschloss. Ich dachte bei mir, ich lebe seit fünf Jahren hier und habe diesen Nachbarn doch noch nie bewusst wahrgenommen. Im Gegenteil, ich habe immer geglaubt, die Wohnung sei unbewohnt.

Als ich in meine Wohnung zurückkehrte, war Uwe – ich hatte beschlossen, dem Küken diesen Namen zu geben, obwohl ich noch gar nicht wusste, welches Geschlecht es hatte – in der Zwischenzeit vom Bett gesprungen und hatte sich irgendwo versteckt. Ich machte mich auf die Suche. Als ich es endlich hinter meinem Büropapierkorb gefunden hatte, sah ich, dass auf meinem Handy, das ich auf dem Schreibtisch abgelegt hatte, drei Nachrichten eingegangen waren. In der einen stand: Ich komme, in der zweiten hieß es: Wie heißt es? Dahinter hatte Susanne ein Icon von einem Küken und ein rotes Herz eingefügt. Die dritte Mitteilung lautete: Wo wohnst du? Letztere Nachricht war vor einer halben Stunde eingegangen. Ich hätte mich in dem Moment vor Scham auf dem Friedhof begraben lassen können.

Nach einer weiteren Dreiviertelstunde saßen Susanne und ich in der Küche. Ich hatte das Nudelwasser aufgesetzt und die fertige Tomatensoße aus dem Glas köchelte still vor sich hin. Susanne hielt Uwe in der einen Hand und streichelte ihn ausgiebig mit der anderen, während sie redete und redete und mich kaum zu Wort kommen ließ. Ich wusste schon, sie arbeitete bei einem mittelgroßen Chemiekonzern als Pressesprecherin. Ihr großes Hobby sei jedoch die Literatur, wie sie mir jetzt verriet. Sie lese vor allem Werke ungarischer Autoren, die ihrer Meinung nach zu den besten Europas zählten. Sie nannte verschiedene Namen wie Péter Nádas, Imre Kertész oder Andrea Tompa, von denen ich noch nie etwas gehört hatte. Ich hatte allgemein wenig Interesse, mich mit Literatur zu beschäftigen, und ging hingegen öfter mal ins Kino, wo ich mir am liebsten Komödien anschaute. Dramen oder Tragödien mag ich mir meistens nicht ansehen. Das sei oft zu viel für meine Nerven, wie ich Susanne erklärte. Ich merkte, ich rutschte schon nach kurzer Zeit in recht persönliche Bekenntnisse hinein, was mir kein gutes Omen schien. Auch Susanne hörte einen Moment auf, Uwe am Kopf zu streicheln, und schaute mich etwas verwundert an. Es entstand eine kurze Pause, bis ich merkte, dass das Pastawasser kochte und ich die Spaghetti in den Topf werfen konnte. Susanne meinte, sie möge die Pasta lieber etwas weicher gekocht, sie sei kein großer al dente-Fan. Ich sagte nichts. Während des Essens redeten wir kaum miteinander. Susanne hatte den kleinen Vogel auf den Boden gestellt, der sich wohl von uns ausgegrenzt fühlte, sich an ein Tischbein schmiegte und aufgeregt piepte. Wir versuchten, das Piepen zu ignorieren und den Faden unseres Gesprächs wieder anzuknüpfen, aber es gelang uns nicht richtig. Der Abend entwickelte sich immer mehr zu einem Reinfall. So schien es mir zumindest. Als ich jedoch eine zweite Flasche Rotwein aufgemacht hatte, lockerten sich unsere Zungen allmählich wieder. Susanne wollte noch etwas Süßes essen. Ich hatte aber nur etwas billige Butterkekse im Schrank und einen vorgefertigten Creme brulée, der schon seit einiger Zeit im Kühlschrank stand. Susanne wollte weder die einen noch den anderen. Ich fand schließlich noch einen kleinen Korb mit grünem Papierstroh, in dem sich noch einige Schokoladeneier befanden. Susanne aber sagte, eigentlich wolle sie doch lieber etwas Herzhaftes. Ob ich nicht etwas zu knabbern hätte. Auch in dieser Hinsicht war ich nicht viel besser bestückt, aber Susanne hatte jetzt offenbar entschieden, sich mit dem zu begnügen, was da war. Wir setzten uns auf mein Sofa und fanden nun doch Gesprächsthemen, die uns beide interessierten. Natürlich kamen wir immer wieder auf Uwe zu sprechen, den Susanne wieder in ihren Händen hielt und der inzwischen friedlich eingeschlafen war.

Als ich am nächsten Morgen aufwachte, läuteten die Glocken der Kirche, die sich auf der gegenüberliegenden Straßenseite von meinem Haus befindet, die ich aber in den fünf Jahren, in denen ich hier lebte, noch nie besucht hatte. An diesem Sonntag verspürte ich das erste Mal den Drang, mal wieder in einen Gottesdienst zu gehen. Nur in meiner Kindheit war ich mit meinen Eltern zu Weihnachten und zu Ostern in der Kirche gewesen. Ich konnte nicht sagen, dass ich nicht an Gott glaubte, aber sehr religiös war ich auch nicht. Ich überlegte, ob ich Susanne wecken und ihr vorschlagen sollte, auf die andere Straßenseite in das Gotteshaus zu wechseln. Ein noch verrückterer Gedanke ging mir durch den Kopf, ob wir nicht auch Uwe mitnehmen und ihn vom Pfarrer taufen lassen sollten.

Überhaupt, wo war das Küken? Wir hatten Uwe, bevor wir ziemlich angetrunken ins Bett getaumelt waren, in den Korb mit dem grünen Papierstroh gelegt. Diesen hatten wir unter den Küchentisch gestellt. Ich stand auf. Uwe schlief noch immer. Einen Moment lang hatte ich Angst, er könne aus irgendeinem Grund in der Nacht gestorben sein. Ich beobachtete ihn genau, bis ich ein kaum merkbares Auf- und Absenken des Brustkorbes sehen konnte und mich beruhigte.

Ich ging zurück ins Schlafzimmer und legte mich wieder hin. Susanne machte kurz die Augen auf, schenkte mir ein verschlafenes Lächeln, schmiegte sich an mich und fiel wieder in den Schlaf. Ich streichelte ihr Haar und fühlte mich ziemlich glücklich. Aus der Küche hörte ich das inzwischen schon vertraute Piepen von Uwe. Er war also aufgewacht. Dann fiel mir ein, er hatte vermutlich auch den letzten Samen aus dem Schüsselchen, das wir neben den Osterkorb gestellt hatten, aufgegessen. Ebenso brauchte er frisches Wasser. Ich befreite mich von Susannes Arm auf meiner Brust, stand erneut auf und gab dem Küken zu essen und zu trinken. Ich hatte nicht nur eine neue Freundin, sondern auch fast so etwas wie ein Kind oder jedenfalls musste ich mich um ein anderes, noch nicht erwachsenes Lebewesen kümmern. Immer noch verspürte ich eine große Angst vor dieser Herausforderung. Sich um ein Küken zu sorgen, war eine Kleinigkeit gegenüber der Aufgabe, vor der Frauen und Männer zu allen Zeiten gestanden hatten, ein oder mehrere Kinder großzuziehen, aber wenn ich ehrlich zu mir war, reichte mir ein Küken vollkommen. Uwe pickte die Samen aus seiner Schüssel. Morgen musste ich unbedingt neues Futter kaufen und mich zuvor erkundigen, was eigentlich das richtige Essen für ein Küken sei. Ich war schließlich Architekt und kein Hühnerzüchter, dachte ich etwas trotzig.

Gegen zwölf wachte Susanne auf. Ich holte Brötchen, machte Kaffee und wir frühstückten. Sie erzählte alles Mögliche über ihre Arbeit, ihre Studentenzeit und vor allem die Literatur. Sie beichtete mir auch, sie schreibe selbst einige kleine Geschichten und auch über den gestrigen Abend, der doch recht ungewöhnlich gewesen sei, wolle sie eine verfassen, ob mir das etwas ausmache. Ich verneinte, aber innerlich war mir doch nicht ganz wohl bei dem Gedanken, mich selbst in einem womöglich dramatischen oder jedenfalls zugespitzten Wortspiegel wiederzufinden. Dieser Gedanke verflog jedoch rasch wieder, als Susanne ihr Handy hervorholte und mir eine ihrer Geschichten vorlas, die von einer rührenden Zartheit und einer Komik war, die mich zum Lachen brachte. Ich fragte Susanne, ob sie ihre Geschichten denn schon veröffentlicht habe. Sie antwortete, bei einem sehr kleinen Verlag, den ein Freund von ihr leiten würde. Ich fragte Susanne, ob sie mir noch eine weitere Geschichte vorlesen wolle. Sie errötete etwas und nahm ihr Handy, das sie nach dem Beenden der ersten Geschichte wieder neben ihren Frühstücksteller gelegt hatte, erneut in die Hand. Ich fand, Susanne hatte eine schöne Lesestimme. Ich entsann mich jetzt, Vater hatte mir als Kind viel vorgelesen und ich hatte das damals als sehr angenehm und wohltuend empfunden, aber ich selbst war nie ein großer Leser geworden, sondern hatte mich schon in jungen Jahren, zum großen Bedauern meiner Eltern, viel vor den Fernseher gesetzt. Das war besonders der Fall gewesen, als wir in die Stadt gezogen waren, in der ich noch heute lebe. Ich hatte nicht aus der alten Stadt, wo ich viele Freunde und Verwandte hatte, wegziehen wollen, aber Vater sollte in B. eine neue, höhere Stelle antreten in seiner Firma. In gewisser Weise habe ich den Schock dieses Umzugs nie verwunden, dieses Herausgerissen werden aus allen vertrauten Beziehungen und Hineingeworfen werden in eine andere Stadt, die ich als Heranwachsender als fremd und kalt empfand, in der ich jahrelang kaum neue Freunde fand. Vielleicht hatte ich mich deshalb, als ich mich das erste Mal verliebt hatte, so Hals über Kopf in diese erste Beziehung gestürzt, als ob diese Liebe mich von all den Entbehrungen und Kränkungen, die ich in der neuen Stadt erlitten hatte, heilen könne. Nach wenigen Monaten hatte diese Freundin genug gehabt von meiner erdrückenden Zuneigung und mich verlassen.

Ich war und blieb ein Entwurzelter, der in seinen Liebesverhältnissen kein Maß fand.

Von diesen Untiefen meiner Seele wollte ich Susanne an diesem Sonntag nichts erzählen. Das hätte sie zu diesem Zeitpunkt nur verschreckt. Um ehrlich zu sein, hatte ich diese große Schwäche von mir in meinen Beziehungen nie thematisiert, weil ich fürchtete, ich würde damit erst recht alles kaputt machen. Die Katze biss sich also immer wieder in den Schwanz und kam nie dazu, sich aus dieser diabolischen Umkreisung um sich selbst zu befreien.

Ja, ich war ein Entwurzelter, ein Heimatloser, der sich nach dem Abitur umso mehr in sein Studium stürzte und an der Universität nur wenige, meist oberflächliche Freundschaften anzuknüpfen wusste. Ich wurde zu einem Einzelgänger, der sich als Diplomarchitekt selbstständig machte und nur wenig Kontakt zu seinen Kollegen pflegte. Ich hatte eine gewisse Menschenscheu entwickelt und wickelte einen Großteil meiner Geschäftsbeziehungen über Emails ab – aus Angst, am Telefon oder bei einem persönlichen Treffen unsicher zu wirken. Meine Arbeit stellte die Kunden zufrieden und manche von ihnen wollten mich nach erfolgtem Bauabschluss noch zu einem Abendessen oder wenigstens zu Kaffee und Kuchen einladen, aber in den meisten Fällen lehnte ich das mit der höflich vorgebrachten Entschuldigung ab, ich hätte schon zu viele neue Aufträge, was ja auch durchaus zutraf. Auch am Wochenende hatte ich meist noch viel zu tun mit meiner Arbeit und traf mich nur selten mit einem oder einer Bekannten. Einmal im Jahr fuhr ich zu meinen Eltern, die nach der Verrentung meines Vaters längst wieder in die Stadt zurückgezogen waren, aus der wir damals weggezogen waren. Bei diesem meist zu Weihnachten stattfindenden Besuch suchte ich auch die Verwandten auf, zu denen ich damals eine so herzliche Beziehung gehabt hatte, aber der Bruch, den der Umzug in meinem Leben bedeutet hatte, machte sich auch in dieser Hinsicht bemerkbar, dass die Besuche bei meinen Verwandten für mich eigentlich nur noch Pflichtbesuche waren, die mich emotional kaum mehr berührten. Gegenüber Vater hegte ich noch immer einen Groll, dass er damals seine Karrierepläne über das Wohlergehen seines einzigen Kindes gestellt hatte. Nur zu Mutter hatte ich eine etwas herzlichere Beziehung, aber auch sie schien die Hoffnung aufgegeben zu haben, ich würde je aus meiner Sackgasse herausfinden.

Ich hatte nur einen einzigen guten Freund, den ich während meines Studiums kennen gelernt hatte. Manfred ist Architekt wie ich und wir tauschen uns häufig über Fragen zu unserer Arbeit aus, aber noch wichtiger sind für mich unsere Gespräche über unsere persönlichen Angelegenheiten. Hätte ich meinen Freund nicht, hätte ich meinen Job und mein Leben vermutlich längst aufgegeben, wäre nach Indien oder nach Afrika ausgewandert oder hätte mich irgendeiner abstrusen Sekte angeschlossen. Nur dank Manfred hielt ich mich in meiner jetzigen sozialen und beruflichen Stellung. Ich hatte oft Gewissensbisse, ich nützte meinen Freund zu sehr aus, würde mich zu sehr auf ihn stützen, ihm zu viel abfordern. Er aber schien die Ruhe weg zu haben und sagte mir mehr als einmal, für meine Schuldgefühle ihm gegenüber bestünde nicht der geringste Anlass. Er mache sich viel mehr Sorgen, meine dauernden Schuldgefühle seien ein großes Hindernis, um endlich aus meiner Impasse herauszufinden. Er vermute, ich hätte eine Art mittelschwerer Depression und solle vielleicht ein Antidepressivum nehmen und auf jeden Fall zu einem Psychotherapeuten gehen, der mir sicherlich besser helfen könne als er, der von Psychologie nur eine sehr begrenzte Ahnung habe. Ich wollte diese falsche Bescheidenheit zurückweisen und sagte, kein anderer Mensch auf der Erde verstehe mich so gut wie er. Natürlich würde ein Therapeut mir guttun, erklärte ich, aber ich sei zu sehr von meiner Arbeit eingespannt, um während der Woche eine meine Seele aufwühlende Therapiesitzung bewältigen zu können. Manfred sah die objektiven Gründe für meine Weigerung, zu einem Therapeuten zu gehen, und doch billigte er sie nicht. Man muss seiner Seele Raum geben, hat er einmal gesagt.

Von all diesen Abgründen – wie ich sie hier nennen möchte – meines Befindens wollte ich mir gegenüber Susanne an diesem wunderbaren Sonntag nichts anmerken lassen. Ich wollte sie in dem Glauben belassen, ich sei ein fast immer fröhlicher und auf jeden Fall unbelasteter Mann, ein erfolgreicher Architekt, mit dem eine harmonische und einfühlsame Partnerschaft nicht nur möglich, sondern sogar wahrscheinlich sei, auch wenn ein Ausdruck wie wahrscheinliche Partnerschaft selbst in meinen unliterarischen Ohren nicht ganz richtig klang.

All diesen Gedanken, die ich alle schon tausend Mal gedacht hatte, gingen mir durch den Kopf, während ich gleichzeitig Susanne zuhörte, die mir allerlei Geschichten aus ihrem Leben erzählte. Sie war eine geübte Sprecherin, die es verstand, einen Sachverhalt oder einfach eine All-

tagsbegebenheit lebendig und spannend darzu-
stellen. Ich hörte ihr gerne zu. Ihre Stimme hatte
einen gewissen melodiösen Klang, der mich an-
zog, der mich faszinierte. Gleichzeitig schien es
mir, als ob Susanne – wir hatten immerhin miteinander Sex gehabt – weiterhin auf eine gewisse
Distanz achte, als ob sie ihre Geschichten wie vor
einem Publikum vortrage. Ich wollte ihr in einem
eigentlich liebevollen Ton sagen, man merkt dir
an, dass du Pressesprecherin bist, aber dann hatte
ich doch Angst, ich könne mit einer solchen Bemerkung unsere Eintracht gefährden.
Irgendwann – es muss schon vier oder fünf Uhr
nachmittags gewesen sein, wir saßen immer noch
am Frühstückstisch und ich hatte uns gerade unseren vierten oder fünften Kaffee zubereitet –
schaute mich Susanne mit einem prüfenden Blick
an und fragte unvermittelt, wieso hältst du dich
immer so zurück, wieso erzählst du nicht auch
ein bisschen von dir? Man könnte meinen, du
seist ein katholischer Priester, der mir die Beichte
abnimmt, aber in Wahrheit an etwas ganz anderes denkt.
Ich senkte meinen Blick und muss rot geworden
sein im Gesicht, denn Susanne, die Uwe immer
noch in den Händen hielt, setzte ihn auf dem Küchentisch ab und legte ihre Hand auf meine, die

91

zusammengefaltet waren und leicht zitterten. Diese plötzlichen Vorhaltungen von Susanne überrumpelte mich. Ich wusste nicht, was ich sagen sollte. Ich wollte ihr auf keinen Fall meine Probleme beichten, doch je mehr ich mir überlegte, was ich ihr sagen könne, desto mehr setzten sich die Gedanken, die ich die ganze Zeit vor mich hingedacht hatte, breitbeinig in meinem Bewusstsein fest. Ehe ich mich versah, kullerten mir Tränen aus den Augen. Ich hatte große Angst, ich könne vor Susannes Augen nun als Psychofall dastehen und sie würde die nächste Gelegenheit nutzen, um zu gehen und nie wiederzukommen. Es war, als ob ich in einem Schnelldurchgang den typischen Verlauf einer meiner Beziehungen erlebte und als ob nun nach weniger als 24 Stunden das tragische Finale käme, vor dem ich mich so fürchtete. Susanne jedoch hielt meine Hände fest und schaute mir tief in die Augen, als ob sie ein Staubsauger sei, der meinen über so viele Jahre angehäuften Seelenschmutz einmal ordentlich durcheinanderwirbeln wolle. Nachdem ich eine ganze Weile geweint hatte, fühlte ich mich wie von einem Felsbrocken erschlagen und wäre am liebsten bis zum nächsten Morgen unter meiner Bettdecke verschwunden.

Susanne überredete mich zu einem Spaziergang. Uwe würde sie in ihrer offenen Handtasche mitnehmen. Wir gingen vielleicht zwei Stunden kreuz und quer durch die Stadt, während ich ihr Dinge offenbarte, die ich zuvor nur Manfred, aber noch nie einer Frau mitgeteilt hatte. Sie ihrerseits erzählte mir, sie nehme seit vielen Jahren Antidepressiva und gehe seit langem einmal alle zwei Wochen zu einer Therapeutin. Sie habe gleich gesehen, dass ich unter einer Depression leiden würde. Meine ganze Fantasie, eine Frau in einem Dorf habe mir ein Küken anvertraut, von dem in meiner Wohnung jedoch nicht die geringste Spur zu entdecken war, obwohl ich ständig von ihm geredet hätte, habe Bände über meine Krankheit gesprochen. Sie habe das Spiel mitgespielt, weil sie es ähnlich aus eigener Anschauung und Praxis kenne. Sie habe aber gehofft, ich würde mir irgendwann selbst ein Bein stellen und dann, wenn alles gutging, aus meinen Halluzinationen erwachen.

Ich war noch immer benommen von dem, was in den letzten Stunden passiert war. Mein Verstand wusste, in Susannes schwarzer Handtasche, in die sie „Uwe" doch gesteckt hatte, befanden sich nur Autoschlüssel, ein Lippenstift, ein kleines Notizheft und dergleichen, aber meine Gefühle spielten in dieser Hinsicht Pingpong mit mir und gaukelten mir vor, ich hätte doch eine schöne Zeit mit dem Küken verbracht. Nie hätte ich mir außerdem vorstellen können, dass die Schuld am Scheitern meiner Beziehungen vielleicht gar nicht bei mir lag, sondern dass ich Hilfe brauchte, um dieses fatale Muster zu durchbrechen. Ich hatte mich, ohne dessen wirklich gewahr zu werden, in den letzten Jahren immer mehr in eine geschlossene Schale zurückgezogen, in die ich kaum noch jemand hineinließ. Ich misstraute eigentlich jedem in der Welt. Susanne hatte mir an diesem Tag gezeigt, andere Menschen konnten mich durchaus verstehen. Vielleicht war das ein Anfang.

Als wir von unserem Spaziergang zurückkamen, wollte ich zunächst in der Wohnung des Nachbarn, auf dessen Pflanzen ich aufpassen sollte, nachschauen, ob alles in Ordnung sei, aber als ich den Schlüssel im Schloss gedreht hatte, stellte ich fest, der Nachbar hatte die Tür noch mit einem zweiten Sicherheitsschloss verriegelt, für das ich keinen Schlüssel hatte. Ich war froh, auch diese Sorge los zu sein.

Geschenkte Jahre

Viele Jahre hielt die Konsumwirtschaft die Menschen in Atem. Am Ende jedoch wusste niemand mehr, was man sich noch zu Weihnachten oder zum Geburtstag schenken solle. Da kam ein Erfinder auf die Idee, die Menschen sollten sich gegenseitig Lebenszeit schenken, also dem Partner, dem Kind, den Eltern oder einem Freund ein bis zwei Monate seines Lebens vermachen, indem man selbst ein bis zwei Monate eher verstarb. Viele Menschen waren begeistert von dieser Idee und wollten sie umgehend in die Tat umsetzen. Der Staat hatte zunächst Bedenken und Einwände. Nach langer Debatte im Parlament schuf der Gesetzgeber dann die sogenannte Lebensbehörde, denn das Verschenken von Lebenszeit sollte in staatlicher Hand bleiben. Die Konsumwirtschaft war enttäuscht, ihr entgehe auf diese Weise ein großes Geschäft und das Parlament habe dem Verschenken von Lebenszeit überhaupt viel zu enge Grenzen gesetzt. In anderen Ländern sei man schon viel weiter, schrie die Konsumwirtschaft und sah das Ende der freien Marktwirtschaft herannahen. Es half nichts: Das Gesetz trat in Kraft und würde in absehbarer Zeit auch nicht grundlegend geändert werden.

Um jemand anderem einen Teil seines Lebens zu schenken, ging man mit dieser Person zu einer Zweigstelle der Lebensbehörde. Der Schalterbeamte, der über eine medizinische Grundausbildung verfügen musste, vergab entweder eine Nimm- oder eine Gibtablette, je nachdem, ob man Leben geschenkt bekam oder verschenkte. Für jede Tablette musste eine Verwaltungsgebühr von 50 Euro entrichtet werden.

Es bürgerte sich rasch ein, die Menschen schenkten sich *gegenseitig* Lebenszeit, so dass sich ein Nullsummenspiel ergab. Am Anfang wollten Verliebte einander oft ganze Jahrzehnte ihres Lebens anvertrauen. Das hat die Regierung mit einer Gesetzesnovellierung rasch unterbunden, indem sie die Schenkungszeit auf zwei Jahre begrenzte.

Es gab Tabletten für einen, zwei, sechs, 12 oder 24 Monate Lebenszeit. Jede Tablette hatte eine andere Farbe und auf jeder Tablette war in schwarzer bzw. weißer Farbe die Zahl eingeprägt, die den Monaten entsprach, um die sie das Leben verkürzte oder verlängerte. Um die Nimm- von der Gibtablette noch zusätzlich voneinander zu unterscheiden, war die eine in ovaler Form und die andere in runder Form gestaltet.

Man konnte die Tabletten natürlich untereinander kombinieren und viele Menschen schluckten weiterhin mehrere 24 Monate-Tabletten, aber auch das wurde mit der Zeit unterbunden, indem die Regierung vorschrieb, die Tabletten müssten in der Gegenwart des Lebensbehördenvertreters eingenommen werden, damit ein Missbrauch ausgeschlossen blieb.

Es begab sich zu der Zeit, der König Friedrich Wilhelm VIII. wurde unheilbar krank und wäre bald gestorben. Der Souverän war beliebt in der Bevölkerung und in Scharen baten die Menschen bei der Lebensbehörde darum, dem König einen Monat ihres Lebens schenken zu dürfen. Da man eine Gibtablette und eine Nimmtablette immer von Angesicht zu Angesicht einnehmen musste, damit sie wirksam wurde, standen die Menschen vor dem Königspalast Schlange. Der König selbst war unschlüssig, ob er noch länger leben oder lieber sterben wolle, aber trotz seines Alters war er auch ein eitler Mann und die große Zuwendung der Bevölkerung schmeichelte ihm. So entschloss er sich, dem öffentlichen Druck nachzugeben. Er vermochte vor Schwäche die vielen Nimmtabletten kaum zu schlucken, doch nach kurzer Zeit ging es ihm schon bedeutend besser. Bald danach kam allerdings heraus, er hatte in seiner Jugend eine moralisch fragwürdige Tat begangen, für die er sich jedoch in keiner Weise entschuldigen wollte. Die Menschen wären ihren König nun am liebsten sofort losgeworden, doch er lebte noch Jahrzehnte bei bester Gesundheit.

Die Menschen sahen jedenfalls, die Tabletten waren tatsächlich wirksam und so breitete sich deren Nutzung immer weiter aus. Die Alten wurden älter und älter und die Jungen hofften darauf, die noch Jüngeren würden ihnen im Zweifelsfall wieder etwas von ihrem Leben abgeben. Es entwickelte sich auch ein schwunghafter Handel mit den Gib- und Nimmtabletten. Wer viel Geld hatte, konnte sich Lebenszeit kaufen, obwohl der kommerzielle Erwerb von Lebenszeit streng verboten war und mit mehreren Jahren Gefängnis geahndet wurde, doch die Aussicht, länger zu leben, war für viele reiche Menschen einfach zu verlockend, so dass sie bereit waren, für zehn oder zwanzig mehr Lebensjahre Unsummen auszugeben.

Eine kleine Minderheit lehnte die Lebensbehörde und den ganzen Lebensdauerhandel kategorisch ab, doch diese Menschen galten als nicht anpassungsfähige Reaktionäre.

Da niemand mehr dem König von seinem eigenen Leben schenkte, ging es mit ihm dem Ende zu. Er sah mit seinen 150 Jahren wie eine Mumie aus und vermochte kaum noch sein Augenlid zu heben. Seine Frau, die er mit 120 geheiratet hatte, hatte gerade ihren 80. Geburtstag begangen. Sie war noch fit und im Gegensatz zu ihrem Mann ungemein beliebt in der Bevölkerung. Sie besaß einen untadeligen Ruf; in einem Interview auf *youtube* hatte sie erklärt, sie wolle eines natürlichen Todes sterben, und weigerte sich kategorisch, eine der ihr immer wieder angetragenen Nimmtabletten anzunehmen.

Ihr Mann hingegen wollte nicht einsehen, dass seine Zeit gekommen war, aber eines Morgens wachte er tatsächlich nicht mehr auf. Ein Aufatmen ging durch die Bevölkerung. Man wollte seine Frau zu seiner Nachfolgerin krönen, aber sie sagte, sie sei zu alt für dieses beschwerliche Amt. Der öffentliche Druck, doch bitte einfach ein paar Nimmtabletten zu schlucken, um dieses Altersproblem zu lösen, war gewaltig, aber ihre Standfestigkeit, nicht auf dieses Mittel zurückzugreifen, ließ andererseits die allgemeine Achtung vor ihr noch größer werden.

Der König hatte einen Urenkel, der schließlich auf den Thron stieg und endlich frischen Wind in die verknöcherte Monarchie brachte. Erst dadurch wurde den Menschen bewusst, man konnte das Leben zwar beliebig verlängern, aber ein neuer Geist erforderte auf die Dauer vielleicht doch auch einen neuen Körper.

Die Königswitwe verstarb unerwartet mit 82 Jahren. Die Menschen defilierten zu Tausenden vor ihrem in der Hauptkirche des Landes aufgebahrten offenen Sarg und bewunderten ihr Antlitz, das von einem würdig vollendeten Leben zeugte. Ihr Beispiel, sich ihr Leben nicht auf Kosten anderer künstlich verlängern zu lassen, machte Schule und zu den Zweigstellen der Lebensbehörde kam fast niemand mehr, bis diese schließlich abgeschafft wurde.

Eisenpferd

Am Ende des 19. Jahrhunderts wurde das Automobil mit Verbrennungsmotor erfunden. Herr Gustav Macke, Pferdehändler in Leipzig, verstand, mit seiner Profession würde es nun bald zu Ende gehen, denn er war ein weitsichtiger Mensch. Er wollte sich dennoch nicht geschlagen geben und stellte bald darauf ein Pferd aus Eisen in seinen Stall, das bis zu 50 Kilometer in der Stunde reiten und dieses Tempo ohne Probleme für acht bis zehn Stunden durchhalten konnte. Das Eisenpferd hatte noch andere Vorteile: Es roch nicht, brauchte kein Futter und kein Wasser und befolgte ohne Widerrede jeglichen Befehl des Reiters. Das Eisenpferd des Herrn Macke fand reißenden Absatz und wurde vor allem vom Militär und der Post, aber auch von vielen privaten Bürgern geordert. Herr Macke wurde ein sehr reicher Mann und in der ganzen Welt berühmt. Die Autobauer beklagten sich bitter über diese in ihren Augen unfaire Konkurrenz und versuchten auf allerlei Wegen, das Eisenpferd des Herrn Macke zu verunglimpfen, aber Herr Macke war ein cleverer Geschäftsmann und wusste seine Eisenpferde gut zu vermarkten. Die Autobauer zogen vor Gericht und argumentierten, das mit dem Eisenpferd müsse eine einzige Schwindelei sein, denn kein Eisenfahrzeug könne sich ohne Motor und Energiezufuhr fortbewegen, was aber bei dem Eisenpferd laut Herrn Macke der Fall sei. Die Autobauer schickten Spione in die Werkstätten von Herrn Macke, wo die Pferde zusammengebaut wurden, aber sie konnten trotz eingehender Suche nicht erkennen, wieso sich das Eisenpferd überhaupt fortbewegen konnte. Weder dampfte das Pferd aus dem Maul oder aus den Ohren noch konnte man irgendein Motorengeräusch in seinem Bauch vernehmen, und dennoch, wenn das Eisenpferd erst zusammengebaut war, wieherte es kurz und war dann einsatzbereit, um hunderte Kilometer zu galoppieren. Der Richter vermochte zwar auch keine Erklärung für diese Unerklärlichkeit zu finden, aber er wies die Klage der Autobauer trotzdem als unbegründet zurück. In der freien Marktwirtschaft setze sich eben das technisch bessere Produkt durch und vielleicht sei das Automobil doch nicht das revolutionäre Wunder, wie die Autobauer immer behaupteten, so der Richter in seiner Urteilsbegründung. Herr Macke wurde jedenfalls einer der mächtigsten Männer Deutschlands und sogar der Kaiser reiste aus Berlin an, um die Eisenpferde in ihrem Stall zu bewundern, der zur Feier dieses großen Tages mit Vorführstroh und -heu ausgelegt war.

Herr Macke selbst führte ein untadeliges Leben. Er ging jeden Sonntag in die Kirche, war verheiratet und hatte fünf Kinder. Er war durch und durch Unternehmer und an den praktischen Dingen des Lebens, d. h. vor allem an seinem eigenen Betrieb, interessiert. Von Kunst und Kultur hielt er nicht viel. Obwohl seine Frau sich intensiv um die Kinder gekümmert und ihnen ihre ganze Liebe geschenkt hatte, war Herr Macke doch enttäuscht, dass sein einziger Sohn keinerlei Interesse an seinen Eisenpferden zeigte, sondern den ganzen Tag nur Romane las und selbst Erzählungen schrieb, die er dem Vater unbedingt vorlesen musste. Herr Macke hörte seinem Sohn ungern zu, denn in seinem Kopf war er nur mit seinen Eisenpferden beschäftigt. So merkte er gar nicht, dass die Geschichten seines pubertierenden Sohnes, der von dem Desinteresse seines Vaters an seinen Werken schwer gekränkt war, dass diese Geschichten sich in immer sarkastischeren Worten gegen Herrn Macke selbst richteten. Ohne seinen Vater um Erlaubnis zu bitten, veröffentlichte der Sohn, der ebenfalls Gustav hieß, seine Geschichten in einer Leipziger Tageszeitung. Zunächst fanden die Geschichten keine Beachtung, aber irgendwann fiel doch auf, dass sie anscheinend von dem berühmten Herrn Gustav Macke selbst stammten. Man war zunächst nur verwundert, solche selbstironischen Texte dieses großen Mannes zu lesen, aber mit der Zeit wurde das Ganze dann doch zu bunt. Als in einer Geschichte schließlich stand, das Eisenpferd sei eine physikalische Unmöglichkeit, was die Autobauer ja schon lange behaupteten, lachte erst ganz Leipzig und dann die ganze Welt über Gustav Macke. Auch all seine Eisenpferde blieben, nachdem ihr eigener Erfinder sie entzaubert zu haben schien, von einem Moment auf den anderen und egal, wo sie gerade unterwegs waren, stehen und bewegten sich keinen Schritt mehr vorwärts. Sie mussten allesamt mühsam in die Ställe von Herrn Macke zurückgebracht und anschließend dem Schrotthändler übergeben werden. Wenige Tage nach dieser, wie man heutzutage sagen würde, PR-Katastrophe musste Herr Macke Konkurs anmelden und er und seine Familie fristeten fortan ein sehr bescheidenes Leben.

Die Autobauer aber konnten ihr Glück kaum fassen und ihr Triumphgeheul schallt uns bis heute aus allen Straßen entgegen. Die Verdienste von Herrn Macke hingegen gerieten vollkommen in Vergessenheit. Geblieben ist von dieser großen Unternehmerpersönlichkeit also bloß der spöttische und in meinen Augen zutiefst unverdiente

Ausdruck, *Du hast wohl 'ne Macke* für Du bist nicht ganz richtig im Kopf. Dabei nimmt Mackes Eisenpferd in der Verkehrsgeschichte eine wichtige Scharnierfunktion ein, als der Mensch sich für seine Fortbewegung allmählich von dem Pferd aus Fleisch und Blut löste, sich aber noch nicht bereit fühlte für das moderne Ungetüm namens Automobil.

Regen

Im Zimmer regnete es. Ich spannte den Regenschirm auf und las weiter. Irgendwann wurden meine Füße nass, weil das Regenwasser nicht abfließen konnte. Ich machte meine Zimmertür auf und das Wasser verbreitete sich in der ganzen Wohnung. In der Küche regnete es nicht und ich beschloss, mir einen Kaffee zu machen, obwohl der Roman sehr spannend war und ich eigentlich bei der Lektüre keine Pause einlegen wollte. Der Kaffee war schön heiß und schmeckte gut. Ich ging in mein Zimmer zurück. Das Buch hatte ich auf den Sessel gelegt und darüber den Regenschirm aufgespannt. Es regnete noch immer. Obwohl sich das Wasser jetzt in der ganzen Wohnung verteilte, stieg es höher und höher. Der Regen war intensiver geworden. Ich las weiter. Irgendwann bekam ich Hunger und ging wieder in die Küche, wo inzwischen ein starker Wind wehte. Mit Mühe bekam ich den Kühlschrank auf und machte mir ein belegtes Brötchen mit Käse und Wurst. Die Brötchen hatte ich am Vortag eingekauft und wie immer in den regensicheren Brotkasten getan, denn gelegentlich regnete es auch in der Küche. Da auch dort das Wasser inzwischen recht hoch stand, sorgte der starke Wind für einen gewissen Wellengang. Meine

Hose wurde bis unterhalb des Knies feucht. Ich bereitete mir ein zweites belegtes Brötchen und trank dazu ein Glas Milch. Als ich satt war, kehrte ich in mein Zimmer zurück. Hier wehte kein Wind. Es regnete nur. Vielleicht etwas weniger stark. In meiner Abwesenheit hatte das Wasser auf dem Boden die Möbel etwas angehoben und verschoben. Ich stellte den Sessel wieder an seine gewohnte Stelle. Mein Körpergewicht würde ausreichen, dachte ich, um den Sessel auf dieser Position festzuhalten. Der Roman steuerte auf seinen finalen Höhepunkt zu. Draußen wurde es dunkel. Ich wollte die Stehlampe anmachen, aber sie funktionierte nicht. Vermutlich hatte das Kabel Feuchtigkeit abbekommen. Ich musste mir eine Taschenlampe holen, um weiterlesen zu können. Als ich zurückkam, hatte das Wasser den Sessel wieder etwas verschoben. Ich rückte ihn erneut gerade und setzte mich. In der einen Hand hielt ich das Buch, in der anderen den Regenschirm und die Taschenlampe mit meinem Mund fest. Mir wurde allmählich kalt. Ich zitterte, weil ich ganz nass geworden war, denn der vollgesogene Regenschirm hielt den Regen kaum noch ab. Auch mein Buch wurde nass und nässer und trotz meines behutsamen Umblätterns bekam die eine oder andere Seite einen Riss. Ich hatte nur noch ein Kapitel zu lesen. Das Wasser stand inzwischen kniehoch. Ich hatte den ganzen Tag nichts anderes getan, als mich dem Roman zu widmen. Auf den letzten Seiten des Buches muss ich jedoch eingeschlafen sein, weil ich einfach zu müde geworden war. Als ich am Morgen in meinem Sessel aufwachte, hatte es aufgehört zu regnen. Ich stapfte durch das noch immer hohe Wasser und machte die Wohnungstür auf, damit es abfließen konnte. Ich fragte mich, wieso ich nicht schon eher auf diese Idee gekommen war. Vermutlich habe ich einfach Angst vor Einbrechern, wenn die Wohnungstür die ganze Nacht offensteht. Ich zog mir frische Wäsche an, denn die, die ich bisher angehabt hatte, war noch immer klamm. Ich nahm auch ein heißes Erkältungsbad, um einem Schnupfen vorzubeugen. Mit einem Föhn trocknete ich das Buch so weit, dass ich es zu Ende lesen konnte. Der Schluss des Romans war vollkommen überraschend und meisterhaft. Zufrieden kochte ich mir einen Kaffee und bereitete das Frühstück. Schon am vorgestrigen Tag war ich so gefangen gewesen von dem Roman, dass ich kaum auf das Wetter geachtet hatte, aber so weit ich mich erinnern konnte, hatte es an dem Tag noch schönes Wetter gegeben. Ich entsann mich jetzt aber, die Wettervorhersage hatte für den gestrigen Tag tatsächlich von der Möglichkeit von zimmerlichem Dauerregen und starkem Küchenwind gesprochen. Wenn der Roman nicht so fesselnd gewesen wäre, hätte ich der Wettervorhersage vielleicht mehr Beachtung geschenkt und mich rechtzeitig auf den Balkon zurückgezogen, aber ich mochte die Lektüre einfach nicht unterbrechen. Nachdem das Wasser jedenfalls abgeflossen war, machte ich in der ganzen Wohnung die Fenster auf, damit die Möbel, die Bücher und alles andere wieder trockneten. Draußen schien eine schon kräftige Vormittagssonne und es wehte ein sanfter Wind.

Erich

Der Chef stellt einen neuen Mitarbeiter ein. Es ist ein Roboter, der 24 Stunden am Tag arbeitet und nie eine Pause braucht. Die Kollegen sind misstrauisch ihm gegenüber, außer einem Kollegen namens Charly, der im Büro als Außenseiter gilt. Bei der morgendlichen Kaffeerunde ist Erich, der Roboter, zwar dabei, aber mehr aus Höflichkeit, denn er selbst trinkt keinen Kaffee. Das führt zu einer weiteren Ausgrenzung des Roboters. Es ist Winter und Erich macht auch keine Heizung in seinem Büro an, weil er sagt, er wolle Energie sparen und außerdem tue die heiße trockene Luft seinen Halbleiterverbindungen nicht gut. Es kommt also niemand mehr in sein Büro. Dabei hat er sogar das mit der besten Aussicht bekommen, aber er schaut eh nicht aus dem Fenster, weil er die ganze Zeit mit seiner Arbeit beschäftigt ist. Für die Kollegen ist es unheimlich, dass Erich 24 Stunden arbeitet. Er schafft das Vielfache des Pensums eines normalen Angestellten. Der Chef ist hochzufrieden mit dem neuen Mitarbeiter, während die Kollegen immer mehr Angst bekommen, der Chef werde noch einen zweiten Roboter anstellen und sie dann alle entlassen. Nur Charly plagen solche Ängste nicht, denn im Gegensatz zu allen anderen mag er den Roboter; er empfindet

ihn als Kumpel und Erich hat auch nichts dagegen, mit ihm gelegentlich ein Schwätzchen zu halten, weil ihm die Bedeutung von sozialen Kontak-
ten einprogrammiert ist. Die anderen Kollegen
aber wollen, dass Erich verschwindet, entlassen
wird oder kaputt geht. Sie sorgen dafür, dass die
Klimaanlage in Erichs Büro besonders feuchte
Luft ausstößt, damit er zu rosten anfängt, aber
Charly bemerkt diese Intrige und stellt die Klimaanlage wieder richtig ein. Das macht ihn bei allen
anderen Kollegen verhasst. Deshalb versuchen sie
zunächst, *ihn* loszuwerden, indem sie üble Ge-
rüchte über ihn verbreiten, aber Erich hat ein
Auge auf Charly und entlarvt diese Unterstellun-
gen als Lügen. Charly steht auf einmal so gut da,
dass der Chef ihn zu seinem Nachfolger be-
stimmt, denn er selbst steigt wegen seiner Verdienste um den Roboter Erich in eine höhere Position auf. In seiner neuen Stellung ist Charly zunächst überfordert, aber er arbeitet sich langsam
ein, bis er sich Forderungen vom Bankmanagement ausgesetzt sieht, einen zweiten Roboter anzustellen und Vorbereitungen zu treffen, alle
seine Mitarbeiter zu entlassen. Charly befiehlt
Erich daraufhin, weniger zu arbeiten, etwas weniger effizient zu sein. Erich ist ein genügsamer Roboter, er besitzt keinen Ehrgeiz, die Macht zu

übernehmen, und er fängt an, gerne auch mal Dinge tun zu wollen, die die Menschen tun, also schlafen, essen, trinken, spazieren gehen usw. Neben dieser unerfüllbaren Sehnsucht nach einem Leben als Mensch werden auch seine Bedenken stärker, es sich nicht mit allen anderen Kollegen zu verderben. Als erstes stellt er die Heizung in seinem Büro an, weil er berechnet hat, die Hitze schadet ihm nur minimal; zweitens versucht er tatsächlich, einen Morgenkaffee zu trinken, was eine allgemeine, wenn auch boshafte Heiterkeit bei den Kollegen auslöst. Auch wenn die Kollegen dem Braten weiterhin nicht trauen, hat sie das Lachen über Erichs Trinkversuche doch etwas entspannt und Charly berichtet an das Management, die Leistungen des Roboters hätten nachgelassen und die Einstellung eines zweiten Roboters sei bei der derzeit noch nicht voll ausgereiften Robotertechnik nicht zu empfehlen. Das Management bittet um wöchentliche Berichte, um die Lage zu verfolgen.

Es ist immer noch Winter und die Kollegen werden reihenweise krank, aber die Abteilung muss eine bestimmte Leistung erbringen und das Management hat das Niveau des zu erbringenden Outputs gerade wieder erhöht. Charly ist in einer Zwickmühle. Er bittet Erich, der natürlich nicht erkrankt ist, seine Leistungen für eine Weile deutlich höher zu schrauben. Erich sagt, das mache er gerne, um den Kollegen beizustehen, auch wenn bei einem derartigen Arbeitstempo auf Dauer womöglich ein Kurzschluss passiere, der ihn für längere Zeit lahmlegen würde. Gerade als die Kollegen alle von ihrem Krankenbett zurückkehren, entdeckt Charly Erich eines Tages zusammengebrochen an seinem Schreibtisch. Ein Techniker stellt fest, Erich hat einen schweren Schaden und fällt für zwei Wochen aus. Die Kollegen jedoch sind Erich dankbar, ihnen die Arbeitsstelle gerettet zu haben und legen sich jetzt ihrerseits ins Zeug, um seinen Ausfall zu kompensieren. Durch eine Unachtsamkeit eines Mitarbeiters ist dem Bankmanagement jedoch zu Ohren gekommen, was hier für ein Spiel gespielt wird. Charly wird in seine alte Position zurückversetzt und der neue Chef ist nur dem Management hörig. Es wird ein zweiter Roboter einer neuen Generation bestellt, der die Arbeit aller Kollegen und die von Erich übernehmen soll. In einer Probezeit von zwei Wochen soll getestet werden, ob der neue Roboter XY tatsächlich die ganze Abteilung ersetzen kann. XY arbeitet in einem beängstigenden Tempo. Die Kollegen und Erich können nur noch Däumchen drehen. Sie schreiben einen Appell an das Management, sie und ihre Familien nicht auf die Straße zu setzen, aber das Management reagiert nicht. Stattdessen kommt eines Tages ein bewaffneter Sicherheitsmann, der sich neben XY stellt und mögliche Sabotageakte gegen ihn verhindern soll. Die Kollegen und Erich gehen daraufhin auf die Straße und protestieren vor der Konzernzentrale. Niemand beachtet sie oder solidarisiert sich mit ihnen. Schließlich kommt die Polizei und verhaftet sie wegen Teilnahme an einer nicht genehmigten Kundgebung. Resigniert gehen sie am nächsten Tag wieder zur Arbeit, aber sie haben nichts zu tun, da XY alles in einer atemberaubenden Geschwindigkeit für sie erledigt. So einen Rhythmus hält Erich nur ein paar Tage durch, bevor ihm die Leitungen durchschmoren, während XY offenbar keine Probleme damit hat, so ein Tempo über längere Zeit durchzustehen. Und XY macht dabei keinen einzigen Fehler und vergisst auch nie etwas. Das Management schickt den Kollegen eine kurze Mail, in der es ihnen eine dürftige Abfindung anbietet; die meisten sind trotzdem bereit, das Angebot anzunehmen, weil sie das Gefühl haben, gegen XY keine Chance zu haben. Charly aber redet ihnen ins Gewissen, sie dürfen nicht aufgeben, sie müssen kämpfen. Ganz allmählich dreht sich die Stimmung. Die Kollegen und Erich gehen wieder auf die Straße und erheben ihre Stimme vor der Bankzentrale. Diesmal halten ein paar Leute an, um zu hören, was denn ihr Anliegen ist, aber wieder kommt die Polizei und verhaftet sie, obwohl die Kundgebung diesmal angemeldet ist, aber die Polizei behauptet, ihre Anmeldung sei gefälscht. Auf der Wache stellt sich heraus, Erich ist kein Mensch und Robotern ist es streng verboten, sich an Protesten zu beteiligen. Die Polizei teilt mit, man werde Erich so bald wie möglich deaktivieren und in eine Schrottpresse geben, damit er keinen Schaden mehr anrichten könne. Die Polizisten mahnen die Protestierenden eindringlich, sie müssten bei ihrem Protest gewisse Grenzen beachten. Die Kollegen und besonders Charly sind außer sich, dass Erich kaltgestellt werden soll. In der Nacht verhelfen sie ihm zur Flucht aus der Polizeiwache. Jetzt berichten alle Zeitungen über den Fall, doch das Bankmanagement sorgt dafür, dass in den Berichten vor allem Erichs Gefährlichkeit in den Vordergrund gestellt wird. Polizisten im ganzen Land suchen nach ihm. In der Zwischenzeit ist auch die zweiwöchige Probezeit für XY erfolgreich abgeschlossen worden und allen Kollegen wird eine zweizeilige Kündigungsmail geschickt, die XY selbst erstellt hat. Das Management erklärt in einer öffentlichen Stellungnahme, XY arbeite zuverlässiger und deutlich schneller und ohne jegliche Unterbrechung durch Krankheit oder Urlaub. Wieder macht sich Resignation bei den Kollegen breit und auch Charly kann keine Hoffnung mehr aufbringen. Von Erich fehlt weiterhin jede Spur. Die Kollegen und auch Charly sind sauer, er hätte sich wenigstens bedanken können, dass sie ihm zur Flucht aus der Polizeiwache verholfen und damit vor der Verschrottung gerettet haben.

Wenige Tage später wird bekannt, die Bank, für die die Kollegen und Erich gearbeitet haben, ist fast pleite gegangen, weil es eine Reihe von hochsummigen Fehlüberweisungen gegeben hat. Obwohl das Management versucht, die Sache zu vertuschen, dringt an die Öffentlichkeit, die Fehlüberweisungen wurden von einem Roboter mit dem Namen XY ausgeführt, der in den vergangenen Tagen außerdem einem Wachmann, der zu seiner Sicherheit eingeteilt war, eine Ohrfeige verpasst habe. Der Wachmann liege seitdem mit einem akuten Schock im Krankenhaus. Der CEO persönlich beruft die ehemaligen Kollegen in sein Büro, um sie zu bitten, ihren Dienst wieder aufzunehmen, mit einer deutlich höheren Entlohnung und der Garantie, in ihrer Abteilung werde für die nächsten 50 Jahre kein Roboter mehr eingesetzt. Charly und die Kollegen liegen sich in den Armen und schreien ihr Glück in die Welt hinaus. Sie sind sich sicher, Erich hat XY manipuliert, aber wie er das geschafft hat, bleibt ein Rätsel. Bei einer seltenen Pause von ihrer vielen Arbeit blicken der neualte Chef Charly und die Kollegen jetzt oft sehnsuchtsvoll aus ihren hochgelegenen Fenstern nach unten auf das gegenüberliegende Café: Vielleicht sitzt dort Erich in der Sonne und gibt gemütlich vor, eine Tasse Kaffee zu trinken.

Busfreunde

Ich muss an der nächsten Haltestelle aussteigen, sage ich zu mir selbst und versichere mich, dass meine Umhängetasche und der Beutel mit dem Mittagessen für das Büro sich noch bei mir befinden. Ich bin Managerin in einem großen öffentlichen Betrieb, dessen Namen ich hier nicht nennen darf. Meine Tätigkeit ist überhaupt etwas geheim, auch wenn ich, das kann ich immerhin sagen, nicht beim Bundesnachrichtendienst oder im Verteidigungsministerium arbeite, denn ich lebe ja nicht mal in Berlin. Leider habe ich kaum Zeit für mich selbst, denn die Arbeit erfordert meinen ganzen Einsatz. Auch am Wochenende muss ich oft ins Büro fahren. Mein Arbeitsplatz befindet sich im Zentrum der Stadt und verfügt nur über sehr wenige Parkplätze, die für die Autos der Bosse unserer Behörde reserviert sind. Ich bin zwar auch Abteilungsleiterin, stehe in der Hierarchie meines Betriebes aber nicht so hoch, dass mir ein Parkplatz zustünde. So muss ich jeden Tag den Bus nehmen, um zur Arbeit zu gelangen. Eigentlich habe ich Glück, denn der Bus hält fast unterhalb meiner Wohnung, d. h., ich muss morgens nur mehr oder minder aus dem Bett fallen und schon kann ich in den Bus steigen. Die Fahrt dauert etwa eine halbe Stunde und wenn ich aussteige, bin ich fast in meinem Büro. Besser geht es kaum. Insofern kann ich auf das Auto gut verzichten. Ja, ich muss sagen, da ich es in den letzten Jahren nur selten verwendet habe – ich halte mich wie gesagt an manchen Tagen länger im Büro auf als in meiner Wohnung –, habe ich das Auto vor einem halben Jahr an einen Freund verkauft, der kurz danach nach Mallorca ausgewandert ist. Die Vorstellung, mein ehemaliges Auto ist jetzt in den Hügeln, Dörfern und Städten dieser sonnigen Mittelmeerinsel unterwegs, behagt mir wesentlich besser, als es ständig nutzlos in meiner Garage herumstehen zu wissen. Überhaupt beschränkt sich auch meine Wohnungseinrichtung – früher hatte ich an allen Wänden meines Wohnzimmers vollgestellte Bücherregale bis zur Decke stehen – zunehmend auf das Wesentliche. Ich habe die meisten Bücher an ein Spendenantiquariat verschenkt und wenn ich einen Roman lesen will, leihe ich ihn mir in der Bibliothek aus. Meistens jedoch habe ich gar nicht die Muße, mich einem Buch zu widmen. Es sei denn, es ist ein Fachbuch, das ich für meine Arbeit lesen muss. Ich bin vor kurzem 60 Jahre alt geworden und fange ein klein wenig an, darüber nachzudenken, was aus meinem materiellen Erbe werden wird, wenn ich versterbe. Ich bin weder verheiratet noch habe ich Kinder. Die Arbeit ist in meinem Leben immer so wichtig gewesen, dass ich nie Zeit für eine Familie gefunden habe.

Eigentlich hat die tägliche Fahrt im Bus auch etwas Entspannendes an sich. Es ist eine halbe Stunde, in der ich etwas für mich sein kann; oft genug kommt es vor, dass ich mich mit einem oder mehreren Fahrgästen unterhalte, denn im Laufe der Jahre merkt man, es sind immer dieselben Menschen, die den Bus nehmen, d. h. man kennt sich und duzt sich sogar in vielen Fällen. In unserer Busgemeinschaft fühle ich mich oft fast wie zuhause. Der Mann, der mir gerade gegenübersitzt, ist z. B. Herr Gregor Thielse. Ich kenne ihn seit vielen Jahren. Eigentlich müsste er längst in Rente sein – sein genaues Alter weiß ich nicht, aber ich schätze ihn auf 70 Jahre – und doch fährt er jeden Morgen noch zur Arbeit. Er bleibt immer etwas länger im Bus als ich und hat mir nie verraten, was für eine Tätigkeit er ausübt, aber sie muss ihn mit viel Befriedigung erfüllen, wenn er ihr noch immer nachgeht. Herr Thielse, aber eigentlich sollte ich Gregor sagen, denn wir duzen uns seit ein paar Jahren, Gregor also scheint mir nicht unbedingt der sportlichste Mensch zu sein, doch ich bin es zugegebenermaßen auch nicht. Er hat einen gewissen Bauch, den ich zum Glück nicht habe. Ich habe Gregor einige Tage nicht gesehen und frage ihn deshalb, ob er krank gewesen ist. Er antwortet mir mit einer ausführlichen Schilderung seiner Leidensgeschichten. Ich kenne das alles bereits, möchte aber nicht unhöflich sein, obwohl ich jetzt eigentlich aussteigen müsste. Gregor ist ein sensibler Mann. Während ich anfange, mich auf meinem Sitz wie auf heißen Kohlen zu fühlen, denn die Bustür ist bereits aufgegangen und wird gleich wieder zugehen, hält Gregor mich noch immer mit seinen Geschichten gefangen. Und so schließen die Bustüren wieder und der Bus fährt weiter.

Bis zur nächsten Haltestelle ist es eine gewisse Strecke, aber ich als Führungskraft habe eigentlich keine festen Arbeitszeiten, so dass ich die Strecke auch zu Fuß zurücklaufen kann und trotzdem nicht zu spät zur Arbeit kommen werde. Ich entspanne mich also etwas und höre Gregor weiter zu. Nach einer Weile lässt meine Aufmerksamkeit für seine Erzählungen jedoch nach und mein Augenmerk richtet sich jetzt auf das, was außerhalb des Busfensters passiert. Da ich diesen Teil der Busstrecke kaum je sehe, hat die Stadtlandschaft, die an mir vorbeizieht, wenigstens teilweise noch den Reiz des Neuen. Ich sage teilweise, denn der Bus fährt den allergrößten Teil seiner Strecke an einem Kanal entlang, der im 19. Jahrhundert angelegt wurde und auf dem noch heute in der schönen Jahreszeit und besonders an den Wochenenden Ausflugsdampfer verkehren. Der Kanal führt durch die ganze Stadt und von dem Schiff aus kann man viele der städtischen Sehenswürdigkeiten erblicken, wenn sie auch manchmal etwas von den alten, grünen Bäumen verdeckt werden, die das Ufer des Kanals zu beiden Seiten säumen. Der Kanal trägt den hübschen Namen Karolinenkanal, benannt nach einer Prinzessin, deren Mann den Anstoß zum Bau des Kanals gegeben hatte. Der Name des Prinzen ist längst vergessen, während seine Frau im Gedächtnis der Stadt bis heute weiterlebt. Sogar im Stadtmuseum ist ein Saal dem Leben dieser Prinzessin gewidmet.

Wenn ich am Nachmittag oder auch erst am Abend mit dem Bus wieder nach Hause fahre, muss ich zuvor den Kanal über eine kleine Fußgängerbrücke überqueren, um zu der Haltestelle auf der gegenüberliegenden Seite zu gelangen. Im Winter ist die gewölbte Brücke, unter der ja zur Sommerzeit auch die Ausflugsdampfer fahren, im Winter also ist die Brücke manchmal vereist, aber gegenüber früheren Zeiten kommt das nur noch selten vor. Wenn es jedoch mal kräftig geschneit und dann gefroren hat, halte ich mich lieber an dem Geländer der Brücke fest und mache nur kleine Trippelschritte, um nicht auf die Nase zu fallen und mir eventuell einen Knöchel zu brechen. Gerade weil die Brücke im Winter gefährlich sein kann, wird sie von den Bewohnern der Stadt scherzhaft als Himalayasteg bezeichnet. Zum Glück ist die Brücke wenigstens beleuchtet, wenn es dunkel ist. Manchmal jedoch fallen die Lampen aus und dann ist es bei starker Kälte ein wahres und recht unheimliches Abenteuer, auf den Brückenplanken zu laufen, aber ich habe keine andere Wahl, als diese Brücke zu benutzen, wenn ich auf die andere Seite zu meiner Bushaltestelle gelangen will, denn die nächsten Autobrücken sind etliche hundert Meter vom Himalayasteg entfernt.

All diese Gedanken gehen mir durch den Kopf, während ich aus dem Busfenster schaue und mit einem Ohr weiterhin dem zuhöre, was mir Gregor über seine Krankheiten erzählt. Ich bin bald an der nächsten Haltestelle angekommen und bereite mich darauf vor aufzustehen, als mich eine andere Busfreundin anspricht, wie lange ich denn noch vorhätte, auf meiner Arbeitsstätte zu bleiben. Ich müsse doch auch langsam im Rentenalter sein. Natürlich darf niemand wissen, was genau ich mache, weil das, wie anfangs gesagt, strikter Geheimhaltung unterliegt, aber natürlich wissen alle im Bus, bei welcher Behörde ich arbeite, denn sie sehen ja, wo ich aussteige, und können zwei und zwei zusammenzählen. Das Thema, das meine Busfreundin Renate Guntermann anspricht, ist ein heikles Thema, über das ich nur ungern mit anderen Menschen spreche. Ich bin der Meinung, gewisse Dinge, die das eigene Leben stark verändern können, sollte man lieber mit sich selbst ausmachen, anstatt sie groß hinauszuposaunen, aber Renate unterbricht ihr Ratespiel, steckt das Handy in die Handtasche und setzt sich auf den freien Platz neben mir. Sie nimmt mich so in Beschlag, dass ich es wieder nicht schaffe auszusteigen. Ich bin ziemlich verärgert über Renates unverschämtes Auf-mir-draufhocken und will ihr eigentlich deutlich meine Meinung sagen. Sie sollte wissen, ich übe eine gehobene Tätigkeit aus und kann nicht einfach so mir nichts dir nichts durch die Stadt fahren, während ich eigentlich längst im Büro sein sollte, aber Gregor, der einerseits weiß, dass ich ein sehr pflichtbewusster Mensch bin und es nicht gern sehe, wenn mein Tagesrhythmus so außer Kontrolle gerät, und andererseits auch Mitgefühl mit Renate hat, die allein drei minderjährige Kinder großziehen muss, Gregor also sagt mir in einem sanften, beschwichtigenden Ton, ganz in der Nähe der nächsten Haltestelle, wo auch er aussteigen müsse, befinde sich ein Taxistand. Dort stünde eigentlich immer ein Taxi und am Ende wäre ich vielleicht nur mit 20 oder 25 Minuten Verspätung auf der Arbeit. Das leuchtet mir ein und ich beruhige mich etwas. Zur Sicherheit rufe ich aber doch mit dem Handy bei meiner Sekretärin an, die um diese Uhrzeit immer schon im Büro ist, und teile ihr mit, ich würde mich etwas verspäten. Zum Glück habe ich an diesem Tag erst um zwölf eine erste Sitzung.

Renate, die bei meinem strengen Blick zunächst einen Schrecken bekommen haben muss, hat sich rasch wieder gefangen und stellt mir, da bis zur nächsten Haltestelle noch ein wenig Zeit ist, erneut die Frage, ob ich nicht bald in Rente gehen wolle.

Renate ist mir eigentlich eine meiner liebsten Busfreundinnen. Sie hat ein schlichtes Gemüt und vielleicht nicht einmal einen Hauptschulabschluss, aber sie ist eine warmherzige Frau, die zwischen den Menschen, seien sie nun Konzernleiter oder einfache Reinigungskraft, keinerlei Unterschied macht. Für sie sind alle Menschen gleich und sie behandelt sie alle auf die gleiche

Weise. In unserer statusbewussten Gesellschaft ist das eine Seltenheit. Ich meinerseits kann mich auch nicht immer freimachen von meinen sozialen Vorurteilen. Das muss ich offen zugeben, aber vielleicht ist ja gerade unsere Busgemeinschaft ein kleines Zeichen, Klassengegensätze müssen nicht in allen Lebenslagen in Stein gemeißelt sein. Renate hat auch ein sehr gutes Gespür dafür, was für Probleme anderen Menschen gerade auf den Nägeln brennen. Und bei mir hat sie ebenfalls ins Schwarze getroffen. Aber soll ich Renate von meinen intimsten Gedanken erzählen, deren Tragweite sie vielleicht nicht verstehen, aber möglicherweise doch erspüren kann? Ich zögere noch, aber der Druck, der sich seit Monaten, wenn nicht gar seit Jahren in mir aufgebaut hat, ist so groß, dass ich nicht an mich halten kann und Renate bis ins kleinste Detail von meinem wahren Zustand erzähle. Auch Gregor, der deswegen ebenfalls nicht an seiner Haltestelle aussteigt, und auch all die anderen Busfreunde hören mir gespannt zu. Es ist mir in dem Moment egal, ob ich lauter Betriebsgeheimnisse ausplaudere, ob man mich deswegen später zur Rechenschaft ziehen wird, ob ich mich damit sogar strafbar mache. Es muss einfach alles raus.

Obwohl ich es in meiner Behörde, erkläre ich Renate und den anderen – und ich nenne die Behörde hier zum ersten Mal beim Namen –, von bescheidenen Anfängen zu einer beachtlichen Stellung gebracht habe und obwohl ich in diesem Betrieb noch immer vieles frei entscheiden kann, ohne Rücksprache halten zu müssen mit irgendwelchen Vorgesetzten, so hat sich in diesem staatlichen Betrieb, wie wohl in der öffentlichen Verwaltung vieler anderer europäischen Länder in dieser Zeit auch, eine immer stärkere Bürokratisierung breitgemacht, die meinen eigenen Spielraum doch zunehmend einschränkt und bei mir eine immer stärker werdende Frustration über meinen Arbeitsplatz hervorgerufen hat. Was früher als selbstverständlich galt, muss heute mit immer mehr und umfangreicher werdenden Erklärungen explizit begründet werden. Ich nenne dafür eine Reihe von Beispielen. In gewisser Weise sehe ich in dieser Tendenz den Erstickungstod Europas.

Eigentlich, so sage ich weiter, will ich bei diesem Spiel nicht länger mitmachen, wie ich mir seit längerem überlege, aber mein Pflichtgefühl hat bisher immer überwogen. Ich will ja auch nicht aufhören zu arbeiten, dazu fühle ich mich noch zu jung, aber ich will mir einen besseren, einen freieren Job suchen.

Als ich meine lange Rede beendet habe und alle Busfreunde applaudieren, weil viele von ihnen, die in einem Büro arbeiten, ganz ähnliche Erfahrungen machen, sind wir schon längst an der Endhaltestelle angekommen, aber auch der Busfahrer hat sich in der Zwischenzeit zu uns gesellt, weil man solche Bekenntnisse schließlich nicht alle Tage hört. Alle zusammen gehen wir in ein Café, von dem aus man einen wunderbaren Blick auf die Baumalleen entlang des Karolinenkanals hat, und wir frühstücken so lange und ausgiebig und stoßen mit einem Sektglas nach dem anderen auf meine bevorstehende Befreiung an, bis wir nicht mehr können. Bevor wir gehen, verfasse ich auf dem Handy noch den Brief an meinen Arbeitgeber mit meiner sofortigen Kündigung und der Caféinhaber lässt mich den Zweizeiler auf seinem Drucker ausdrucken. Als ich schließlich am frühen Nachmittag ins Büro komme, ist die Aufregung über mein unerklärliches Ausbleiben groß gewesen – ich hatte im Café auch mein Handy ausgeschaltet. Ich gehe zum Behördenleiter und überreiche ihm das Kündigungsschreiben. Auch er will eine Erklärung für mein freches Fernbleiben, aber als er den Brief gelesen hat, sagt

er mit verärgerter Stimme, Sie werden Ihre Entscheidung noch bereuen. Ich aber lache nur,
drehe mich um und verlasse das Zimmer. Und
ich muss mir immer noch den Bauch halten, weil
mir fast das Bauchfell platzt, als ich den Himalayasteg überquere, den Bus besteige und am
Hauptbahnhof wieder aussteige, denn ich habe
beschlossen, zu meiner besten Freundin nach
Berlin zu fahren, die ich wegen meiner Arbeits-
überlastung seit drei Jahren nicht mehr gesehen
habe. Wir verbringen eine herrliche Woche miteinander und sie zeigt mir Ecken der Hauptstadt,
die ich bei meinen häufigen Dienstreisen nie
wahrgenommen habe. Meinen Busfreunden
schreibe ich eine Postkarte, die an die Buslinie 77,
Abfahrt um 8:46 von der Friedrichgasse gerichtet
ist.

Der Teufel an der Tafel

Als wir in die neunte Klasse kamen, wurde eine Referendarin unsere neue Lehrerin. Wir merkten rasch, sie war noch unsicher, und angestachelt von meinen Klassenkameraden, machte ich uns einen Spaß daraus, der neuen Lehrerin vor dem Unterricht eine Spinne auf die Tafel zu malen, denn sie hatte Angst vor Spinnen. Wenn sie beim Betreten des Raumes das Tier sah, das tatsächlich von der Decke zu hängen schien, wurde sie regelmäßig kreidebleich. Sie sagte keinen Ton, sondern wischte mit einem Schwamm in scheinbarer Gelassenheit die Spinne weg und begann ihren Unterricht.

Während der Stunde jedoch schaute sie jedem von uns nach und nach tief in die Augen, um herauszufinden, wer von uns der Schuldige an dieser Missetat war. Wir ließen uns lange nicht das Geringste anmerken, bis sie mir eines Tages tief in die Augen blickte, denn sie musste doch schon einen Verdacht gegen mich gehegt haben, und ich muss eine Spur rot geworden sein. Ich entdeckte im Gesicht der Lehrerin ein leicht maliziöses Lächeln. Sie wusste, mein Vater war streng, und wenn er erfuhr, ich hatte einen solchen Streich verübt, würde er mich windelweich schlagen.

In der nächsten Stunde bei der Lehrerin war erneut eine Spinne an die Tafel gemalt, die genauso aussah wie eine von mir gemalte. Ich war es jedoch nicht gewesen. Die Lehrerin bat mich an die Tafel und sagte, ich solle die Ferkelei, wie sie sie nannte, wegwischen. Meine Hand zitterte stark, als ich die Spinnenzeichnung mit einem feuchten Schwamm entfernte. Am nächsten Tag war sie wieder da und auch an den folgenden. Ich fühlte mich von Tag zu Tag erbärmlicher. Ich muss hinzufügen, die gemalte Spinne nahm immer mehr die Gestalt eines Teufels an. Ich stamme aus einer streng katholischen Familie. Meine Mutter hat mir von früh an beigebracht, ich hätte den Teufel zu fürchten. Meine Beine zitterten, ja, mein ganzer Körper zitterte also, wenn die Lehrerin mich an die Tafel rief, um den Teufel wegzuwischen. Im Laufe der Tage, an denen ich diese Prozedur über mich ergehen lassen musste, fühlte ich mich immer mehr wie ein Häufchen Elend und gleichzeitig hatte ich den Eindruck, ich selbst hätte mich allmählich in einen Teufel verwandelt, der vor sich selbst die größte Abscheu empfand.

Gleichzeitig hatte ich eine ungeheure Wut auf den Klassenkameraden, der mich auf diese Weise hereinlegte. Ich beschloss, indem ich meine letzten Kräfte zusammennahm, ihm vor der nächsten

Stunde mit der Referendarin aufzulauern. Ich hatte verschiedene Klassenkameraden im Verdacht und mehrfach in den Pausen durchblicken lassen, ich würde den Verräter, sobald ich ihn entlarvt hätte, ordentlich durchprügeln.

Am nächsten Morgen – wir hatten die erste Stunde bei der Lehrerin und es war noch dunkel im Klassenzimmer – hatte ich mich hinter die letzte Schulbank gehockt und wartete. Eine ganze Weile geschah nichts, bis die Klassenzimmertür mit einem kaum hörbaren Schwingen aufging und eine Gestalt hereintrat. Sie hatte eine Aktentasche dabei, aus der sie etwas Kleines herausholte. Sie legte die Tasche auf das Lehrerpult und mit dem kleinen Teil, das, wie ich jetzt erkannte, ein Stück Kreide sein musste, fing die Gestalt an, mit sicheren und raschen Bewegungen eine Teufelsfigur an die Tafel zu zeichnen. Wenn ich diese Figur nicht schon etliche Male auf der Tafel gesehen hätte, hätte ich sie bei der immer noch starken Dunkelheit kaum erkennen können. An diesen Bewegungen jedenfalls erkannte ich schließlich den Menschen, der sie ausführte. Ich wäre von meiner hockenden Position fast auf den Boden geplumpst und hätte mich damit vermutlich verraten, so erstaunt war ich über meine Entdeckung. Ich überlegte erst, diesem Menschen eine

Szene zu machen, aber ich fand doch nicht den Mut dazu. Die Gestalt verließ den Raum wieder und ich war allein.

Als ich wenig später mit absichtlicher Verspätung, denn ich wollte so tun, als ob ich erst jetzt in dem Schulgebäude einträfe, den Klassenraum wieder betrat, war auf der Tafel kein Teufel mehr zu sehen. Einer meiner Klassenkameraden musste ihn an meiner statt weggewischt haben. In den Folgetagen tauchte der Teufel nicht mehr auf. Ich sprach mit niemandem darüber, was ich entdeckt hatte. Die Referendarin wurde wenig später als Studienrätin übernommen. Sie wurde eine geachtete bzw. gefürchtete Lehrerin, denn die ganze Schule wusste, wie sie mich gedemütigt hatte, indem sie mich immer wieder zur Tafel gerufen hatte. Doch wer immer wieder den Teufel an die Wand gemalt hatte, das blieb ein Geheimnis bzw. viele glaubten noch immer, ich sei es gewesen und die Strafe unserer Lehrerin sei insofern nur gerecht gewesen, da ich ein widerliches Verhalten an den Tag gelegt hätte. Wer hingegen glaubte, eine andere Person habe die Kreidezeichnungen gemacht, vermutete dennoch, ich wisse, wer dafür verantwortlich sei, aber aus irgendeinem unerklärlichen Grund hätte ich entschieden zu schweigen. Was mich dazu bewog, niemandem etwas über diese Sache zu erzählen, weiß ich selbst bis heute nicht. Vielleicht hatte mir imponiert, dass die Gestalt so etwas getan hatte, aber was ihre Gründe für diese Tat waren, darüber zerbreche ich mir nun seit 45 Jahren den Kopf, ohne je zu einem vernünftigen Ergebnis gekommen zu sein.

Am wahrscheinlichsten ist noch, die Lehrerin wollte mir eine Lektion erteilen, und doch ist diese Erklärung in meinen Augen unzureichend, denn sie riskierte viel mit ihrem Spiel. Wenn ich nicht den Mund gehalten hätte, wäre sie entlassen worden. Mir ist immer wieder durch den Kopf gegangen, sie muss zu der Zeit, als sie noch relativ jung war, eine Spielernatur gehabt haben. Mit anderen Worten, sie hat es bewusst darauf ankommen lassen, eventuell entdeckt und entlassen zu werden. Wenn ich versuche, mich an ihr Verhalten im Unterricht zu erinnern – und ich habe eine genaue Erinnerung an diese Zeit, die mein ganzes späteres Leben geprägt hat – so habe ich den klaren Eindruck, die Lehrerin hatte eine gute psychologische Intuition. Selbst wenn ich ihr perfides Spiel durchschaut hatte – und dass sie mich in dem noch dunklen Klassenzimmer trotz all meiner Vorsicht erkannt haben musste, konnte ich der Tatsache entnehmen, dass sie aufgehört hatte, die Teufelsfigur an die Tafel zu malen – verstand sie vermutlich, ich war durch ihre sich über Wochen hinziehenden Demütigungen, mich jedes Mal an die Tafel zu rufen, um die vermeintlich von mir stammenden Ferkeleien zu beseitigen, inzwischen ein seelisches Wrack geworden. Jeder Widerstandsgeist war in mir erstickt und ich würde mein ganzes Leben lang nicht mehr die Kraft aufbringen, sie zu denunzieren. Sie hatte mich gebrochen.

Ich galt in jenen Jahren eigentlich als Hoffnungsträger in der Schule und viele meiner Mitschüler sagten mir eine brillante Zukunft voraus. Heutzutage bin ich froh, überhaupt ein geregeltes, wenn auch bescheidenes Arbeitsleben absolviert zu haben und mich jetzt seit einem halben Jahr über meine Rente freuen zu können. Hege ich Rachegefühle gegenüber dieser Lehrerin? Nein, das kann ich nicht sagen. Ich habe mich in mein Schicksal ergeben. Vielleicht hätte ich mich wehren sollen, aber ich habe nie ernsthaft erwogen, die Lehrerin anzuzeigen. Außerdem hätte ihre Aussage gegen meine gestanden und wer hätte schon einem 15-jährigen Schüler geglaubt, von dem die allermeisten denken mussten, er habe diese Teufel an die Tafel gemalt.

Eine Frage bleibt jedoch, die auch meine Klassenkameraden hätte stutzig machen müssen: Wenn
die Lehrerin so überzeugt war, ich sei der Schuldige an den Teufelsmalereien, wieso hatte sie
mich nicht beim Direktor gemeldet und stattdessen zu einer nahezu privaten Rache gegriffen?
Wieso waren auch meine Klassenkameraden
nicht misstrauisch geworden angesichts dieses
ungewöhnlichen Verhaltens der Lehrerin? Hatten
auch sie sich gegen mich verschworen? Je mehr
ich im Laufe der Jahre über diese Frage nachgedacht habe, desto überzeugter wurde ich von der
Idee an eine gemeinsame Verschwörung von Lehrerin und Klassenkameraden, auch wenn mir der
Grund dafür weiterhin unerklärlich blieb. Vielleicht hat mich diese mir erst spät bewusst gewordene Verschwörung meiner Mitschüler noch
mehr gequält als die Demütigungen der Lehrerin.
Noch viele Jahre nach dieser Episode fühlte ich
mich so verloren und ohne jeglichen Halt, da ich
natürlich auch meinen inzwischen alt geworde-
nen Eltern nie einen Ton davon erzählen konnte,
dass ich jeglichen Lebensmut einbüßte und längere Zeit sogar über Selbstmord nachdachte. Bis
in die Gegenwart habe ich das Gefühl, der Teufel
sitzt tief in meiner Brust wie der Apfel in Gregor
Samsas Panzer. Wie sehr ich mich in dieser

Hinsicht vor mir selbst ekele und fürchte, sage ich jedoch niemandem.

Ich hatte viele Jahre eine Freundin, mit der ich mich gut verstand und die mir in meiner Paranoia, wie sie sie zu Unrecht nannte, beistand, aber sie sagte irgendwann, ich hätte mich im Laufe der Jahre immer mehr verschlossen, als ob ein Monster in mir hause, das ich meiner Umgebung jedoch auf keinen Fall zeigen wolle. Dass sie meine innersten Regungen so durchschaute, bereitete mir große Pein, denn meinen inneren Teufel wollte ich wie gesagt keinem Menschen und nicht einmal ihr offenbaren. Nach Ansicht meiner Freundin sei diese Paranoia in mir eigentlich nur eine Seifenblase, die ich endlich zum Platzen bringen müsse, um mich von ihr zu befreien, aber sie sei nunmehr zu der Überzeugung gelangt, ich sei dazu unfähig. Meine Freundin verließ mich kurz darauf. Auch in späteren Jahren lastete ein Fluch auf mir, und meine Beziehungen zu Frauen haben immer nur ein, zwei Jahre gedauert, bevor man sich wieder getrennt hat.

Vor ein paar Wochen habe ich auf eine Kontaktanzeige in der örtlichen Zeitung geantwortet und vorgestern haben Veronika und ich uns das erste Mal getroffen. In einer Woche wollen wir uns wiedersehen. Obwohl ich mir wenig Hoffnungen mache bezüglich einer möglichen Beziehung, lade ich Veronika zu mir zum Essen ein. Ich lege mich mächtig ins Zeug, bringe meine verlotterte Wohnung wieder auf Vordermann, koche ein ausgefeiltes Dreigängemenü und lasse mir vom Weinhändler einen guten und auch teuren Rotwein für diesen Abend empfehlen. Trotz meiner anfänglichen Skepsis wird es ein sehr fröhliches Essen, bei dem wir uns lauter Geschichten aus unserem Leben erzählen und uns immer wohler miteinander fühlen. Auch Veronika hat es schwer gehabt im Leben. Wir sind beide Menschen mit einer lädierten Seele, wie wir rasch feststellen, aber miteinander können wir auf unerwartete Weise viel lachen und uns wunderbar leicht fühlen. Es ist das erste Mal seit meiner Schülerzeit, dass der faulige bzw. längst schwarz gewordene Teufelsapfel auf meiner Brust mich kaum mehr drückt.

Stefans Lachen

Stefan war sechs Jahre alt, als er zu Weihnachten einmal den Papst im Fernsehen sah. Er war von dieser Figur sehr ergriffen und fragte seine Mutter, ob der Papst verheiratet sei und Kinder habe, aber als Antwort lachte seine Mutter nur und erklärte, das sind Dinge, die verstehst du noch nicht. Das sagte Mutter immer, wenn ihr etwas zu umständlich war, um es zu erklären.

Stefan hatte keinen Vater und war immer auf der Suche nach jemandem, der sein Vater sein könne. Mutter hatte ihm gesagt, Vater sei kurz nach seiner Geburt bei einem Autounfall gestorben und es sei ein Wunder, dass er, Stefan, diesen Unfall überlebt habe. Stefan jedoch konnte sich nicht recht vorstellen, was ein Unfall sei, und so glaubte er nicht daran, was seine Mutter ihm erzählte, sondern er war der Meinung, sein Vater müsse sich irgendwo versteckt halten oder werde von irgendjemandem gefangen gehalten und sei deshalb nicht in der Lage, zu ihnen zu kommen. Aber jedes Mal, wenn er diese Gedanken gegenüber Mutter erwähnte, wurde sie ganz traurig und schimpfte auf Vater, als ob dieser selbst für seinen Tod verantwortlich sei, an den Stefan aber weiterhin nicht glauben mochte. Wenn er immer wieder aufs Neue nach seinem Vater fragte, zeigte Mutter schließlich mit ihrem Zeigefinger nach oben und erklärte, er befinde sich dort oben bei den Engeln, obwohl er das gar nicht verdient habe bei seinem schändlichen Verhalten. Was schändlich bedeute, wollte Stefan wissen, aber Mutter schien genervt von dieser ganzen Diskussion und wollte endlich ihre Ruhe haben.

Stefan entsann sich jetzt aber, auch der Papst hatte von Engeln gesprochen, die den Menschen in Not beistünden, und Stefan wusste, Engel waren ganz in weiß gekleidete Wesen. Auch der Papst hatte ein weißes Gewand an. Also war auch er eine Art Engel und wenn er ein Engel war, vielleicht wusste er dann Bescheid, wo sich sein Vater befand, denn der war ja, wie die Mutter gesagt hatte, bei den Engeln und unter Engeln tauschte man sich sicherlich aus. Aber wenn Vater bei den Engeln war, vielleicht war er ja selbst auch ein Engel. Und bei diesem Gedanken durchzuckte es Stefan, da ihm gerade ein Einfall gekommen war, der ihn diese ganze Vatersache plötzlich mit ganz anderen Augen anschauen ließ. Wenn sein Vater ein Engel war und auch der Papst ein Engel war, konnte es da nicht sein, dass der Papst sein Vater war? Einen Moment lang strahlte dieser Gedanke in seinem Kopf, als ob jemand dort tausend Lichter angemacht habe. Vor Aufregung hätte sich Stefan fast in die Hose gepinkelt. Er wollte zu seiner Mutter laufen, um ihr diese Frage zu stellen, aber sie hatte sich gerade hingelegt und Mutter wollte bei ihrem Mittagsschlaf nicht gestört werden, sonst konnte sie fuchsteufelswild werden. Stefan musste diese Frage also erstmal für sich behalten, was ihm sichtlich schwerfiel, und dieser Dämpfer ließ in seinem Kopf einen Zweifel aufkommen, ob der Papst tatsächlich sein Vater sei, denn eigentlich war er dafür viel zu alt. Dieser Gedanke schmerzte Stefan sehr, denn die Vorstellung, der Papst sei sein Vater, hatte ihn so beflügelt, dass er sich fast selbst wie ein Engel vorkam, von denen er ja auch wusste, sie hatten Flügel auf dem Rücken. Und all dies hatte ihn nur noch mehr in der Meinung bestärkt, der Papst müsse sein Vater sein. Dass diese wunderbare Erkenntnis jetzt vielleicht doch nicht stimmte, weil der Papst zu alt war, bereitete Stefan eine furchtbare Enttäuschung, die ihn tief in seiner ehedem schon aufgewühlten Kinderseele verletzte. Diese ganze Sache war zu schön gewesen, als dass sie nicht wahr sein konnte. Stefan suchte verzweifelt nach einem Ausweg aus diesem Dilemma. Von irgendwoher kam ihm tatsächlich der rettende Gedanke, wenn der Papst nicht sein Vater war, weil er dafür zu alt war, so konnte es doch sein Großvater sein, und wenn der Papst sein Großvater war, so musste er doch wissen, wo sich sein eigener Sohn befand. Genauso musste es sein. Und wenn sein Großvater ihm sagte, wie er seinen Vater finden könne, wäre das schöner als Weihnachten, Ostern und Geburtstag zusammen. Und diese Wahrheit fühlte sich so wahr und seligmachend an, dass Stefan einen tiefen Seufzer tat und sich schwor, nicht eher Ruhe zu geben, bis Großvater ihm gesagt habe, wo sich sein Vater befinde. Er musste Großvater anrufen und ihm diese Frage stellen. Doch dann fiel ihm ein, er hatte die Telefonnummer von seinem Großvater nicht. Wieder spürte Stefan einen Berg vor sich, den er nicht erwartet hatte. Stefan war verärgert. Musste es denn immer neue Probleme geben? Konnte er eine Sache denn nicht einmal zu Ende führen, ohne dass es zu tausend Schwierigkeiten kam? Da fiel Stefan ein, seine Mutter besaß ein Adressbüchlein, das sie immer konsultierte, wenn sie jemanden anrufen musste. Aber das Adressbüchlein befand sich in Mutters Handtasche, die sie immer neben ihr Bett stellte, wenn sie sich hinlegte. Mutter hatte einen leichten Schlaf und wollte während der Mittagspause auf keinen Fall gestört werden. Stefan musste aber unbedingt wissen, wie die Telefonnummer von Großvater lautete. Also schlich er sich, so leise er konnte, in

das Schlafzimmer und holte Mutters Adressbüchlein aus ihrer Handtasche. Er ging zurück ins
Wohnzimmer und stand wieder vor einer un-
überwindbaren Schwierigkeit: Dieses Adressbüchlein schien stumm zu sein. Man konnte mit
ihm nicht sprechen wie mit einem normalen
Menschen. Stefan seinerseits konnte noch nicht
lesen und auch keine Zahlen entziffern, denn er
ging erst seit einigen Wochen zur Schule. Oder
war es doch möglich, mit dem Adressbüchlein zu
sprechen? Aber was sollte er ihm sagen? Dass er
mit Großvater sprechen wolle? Aber vielleicht
kannte das Adressbüchlein Großvater gar nicht.
Vielleicht hatte Mutter gar keinen Kontakt zum
Vater von Vater. Stefan schüttelte den Kopf: Mutters Adressbüchlein *musste* die Telefonnummer
von Großvater wissen. Eine andere Möglichkeit
gab es nicht. Also sagte Stefan zu dem Adressbüchlein: Kannst du mir bitte die Nummer von
Großvater geben? Das Adressbüchlein schwieg.
Hatte es die Frage nicht richtig verstanden? Hatte
er nicht laut genug gesprochen? Sollte er die Frage
wiederholen? Er fragte ein zweites Mal. Da hörte
er plötzlich eine Stimme, die sagte: Du hast doch
gar keinen Großvater. Es dauerte einen Moment,
bis Stefan begriff, es war seine Mutter, die diesen
Satz gesagt hatte. Er wurde puterrot im Gesicht,

denn Mutter hatte ihm streng verboten, ihr Adressbüchlein auch nur in die Hand zu nehmen, doch obwohl er jetzt eine harte Strafe für sein Vergehen befürchtete, lächelte Mutter ihn an, als ob sie eher neugierig sei zu erfahren, weswegen er unbedingt mit Großvater hatte sprechen wollen.

Stefan war unentschlossen, ob er seiner Mutter die Wahrheit sagen sollte oder nicht. Er brannte einerseits darauf, jemandem von seiner Entdeckung zu erzählen, und andererseits hatte er Angst, Mutter würde ihm nicht glauben, und er wollte sich seinen Traum auf keinen Fall zerstören lassen. Wenn er aber mit Mutter nicht über diese Sache redete, mit wem dann? Ihm fiel niemand ein. So kam es, dass Stefan seiner Mutter doch von Großvater erzählte. Sie schaute ihn zunächst ungläubig an und schien nicht sicher zu sein, ob sie laut loslachen oder ihren Sohn in die Arme nehmen solle. Sie spürte wieder, wie sehr Stefan eine Vaterfigur vermisste. Es war nicht ihre Schuld, sagte sie sich, wenn sein Vater sich betrunken in den Tod gefahren hatte. Er war kein guter Vater gewesen und sie weinte ihm keine Träne hinterher, aber für Stefan lag die Sache natürlich anders. Schließlich sagte sie, wenn Stefan unbedingt mit seinem Großvater telefonieren wolle, müssten sie bei der internationalen Auskunft seine Nummer erfragen, denn sie hatten zuhause keinen Computer und es gab überhaupt noch gar kein Internet zu dieser Zeit.

Sie erklärten der Frau bei der internationalen Auskunft ihr Anliegen und diese stellte sie zu einer Nummer in Rom durch. Mutter und Sohn waren beide sehr aufgeregt, als sie schließlich am anderen Ende der Leitung eine italienische Stimme hörten, die offenbar einem älteren und gutmütigen Mann gehörte, der allerdings kein Wort Deutsch und nur wenig Englisch verstand. Mutter hatte einen solchen Fall vorhergesehen und flüsterte Stefan einen Satz auf Englisch zu, den er daraufhin ins Telefon rief: *I want to talk with my grandfather*. Der Mann am anderen Ende der Leitung, der im Vatikan offenbar an der Telefonvermittlung saß und solche Anrufe von kleinen Kindern aus aller Welt sicherlich gewohnt war, wie Stefans Mutter vermutete, dieser Mann also antwortete mit vergnügter Stimme, als ob er dieses Spiel gerne mitspiele: *Sì, sono tuo nonno*. Stefan schaute seine Mutter ungläubig an. Was hatte der Mann gesagt? Mutter wusste es auch nicht, doch Stefan war sich sicher, so ein lieber Mann, der eine so weiche und zu Herzen gehende Stimme hatte, konnte nur sein Großvater sein, auch wenn es merkwürdig war, dass er kein Wort

Deutsch sprach. Mutter war langsam in Sorge, weil so ein Auslandsgespräch damals viel Geld kostete, aber bevor sie etwas sagen konnte, hatte Stefan schon eine weitere Frage gestellt auf Deutsch, ob sein Vater Johannes noch lebe. Der Mann am anderen Ende der Leitung ließ wieder sein gutmütiges Lachen erklingen, denn er hatte nur den Namen Johannes verstanden, und erklärte wieder auf Italienisch: *Papa Giovanni è vivo ma sta sempre in giro per il mondo.* Mutter drängte jetzt darauf, das Gespräch zu beenden und schweren Herzens sagte Stefan *good bye* zu seinem Großvater, was das einzige Wort war, das Stefan in einer anderen Sprache konnte. Der Mann aber sagte ihm zum Schluss noch, *vienimi a trovare qui a Roma.* Stefan legte auf. Was nur hatte Großvater in dieser merkwürdigen, aber wohlklingenden Sprache gesagt? Stefan hatte zwar einen italienischen Klassenkameraden, den er fragen konnte, aber je mehr er versuchte, diese fremden Wörter im Kopf zu behalten, desto mehr entglitten sie ihm. Zum Glück hatte sich Mutter die Worte seines Großvaters ungefähr auf einen Zettel geschrieben. So konnte sie, als sie Stefan am nächsten Morgen zur Schule begleitete, dessen Klassenkameraden fragen, was diese zu bedeuten hätten. So erfuhr Stefan, der Mann am Telefon war tatsächlich sein Großvater gewesen, sein Vater lebte noch, aber befand sich ständig auf Reisen, und Großvater hatte ihn zum Schluss aufgefordert, ihn in Rom besuchen zu kommen. Stefan war selig über diese Worte. Von da an hatte er keinen größeren Wunsch, als möglichst bald nach Rom zu fahren und mit seinem Großvater ausführlicher zu sprechen. Dass aber nach Aussage von Großvater Stefans Vater noch am Leben war, war für den kleinen Jungen eine ungemeine Beruhigung. Er vermisste seinen Vater zwar sehr, aber er wusste, eines Tages würde er von seinen Reisen nach Hause zurückkehren und sie würden sich in den Armen liegen und alles wäre gut. Solange aber Vater noch unterwegs war, würde Stefan sich an Großvater festhalten. Mit einem solchen Großvater im Rücken hatte Stefan, der bis dahin ein sehr schüchternes Verhalten an den Tag gelegt hatte, auf einmal einen viel festeren Platz in der Schule und unter seinen Freunden. Die Mutter sah es mit einer Mischung aus Wohlgefallen und Sorge. Einstweilen genoss sie es jedoch, dass ihr Sohn ein emotional viel stabileres Kind geworden war. Sie sagte ihm jedoch, das Geheimnis über seinen Großvater müsse er unbedingt für sich behalten.

Dass er nun einen Großvater hatte, war für Stefan in den folgenden Jahren ein großer Trost. Er verfolgte dessen Aktivitäten im Fernsehen, so oft er nur konnte. Seine Mutter musste ihn jeden Sonntag in die katholische Messe begleiten und wenn die Karnevalszeit kam, verkleidete sich Stefan immer wieder als Papst. Als er 13 wurde und in die Pubertät kam, überlegte er lange Zeit, ob er nicht Mönch werden solle, aber schließlich verliebte er sich in ein Mädchen aus seiner Klasse. Auch als in der Schule erwähnt wurde, katholische Geistliche dürften gar keine Kinder haben und erst recht nicht der Papst, hielt Stefan an seinem Glauben fest.

In dieser Zeit wurde der Papst, der schon ein sehr alter Mann war, ernsthaft krank. Stefan verfolgte all die Meldungen über den Gesundheitszustand seines Großvaters und war in dieser Zeit kaum ansprechbar. Seine Mutter überlegte lange Zeit, ob sie diesem Spuk nicht endlich ein Ende bereiten solle, aber sie brachte es nicht übers Herz, ihrem Sohn diese Illusion, die ihm so wichtig war, zu nehmen. Sie vertraute darauf, diese tröstliche Lüge werde sich irgendwann von selbst auflösen. Schließlich verstarb der Papst. Stefan war zunächst untröstlich, doch nach kurzer Zeit schien er sich wieder gefangen zu haben, als ob er sich nun endlich von seinem Kinderglauben gelöst habe. Trotzdem überredete er seine Freundin, mit ihm nach Rom zu fahren, um auf dem Petersplatz an der Trauermesse für den Papst teilzunehmen und seinem „Großvater" – er setzte dieses Wort jetzt in Anführungsstriche – die letzte Ehre zu erweisen. Die Freundin interessierte sich als Tochter eines Lateinlehrers mehr für das Kolosseum und das Forum romanum, aber die Aussicht, nach Rom zu reisen, war für beide Teenager verlockend. Auch Mutter würde mitkommen, denn Stefan und seine Freundin waren noch zu jung, um alleine eine so weite Fahrt zu unternehmen. Stefan schien auf jeden Fall langsam erwachsen und damit auch selbstkritischer zu werden, denn je mehr sich der Zug der ewigen Stadt näherte, desto lauter erklang im ganzen Waggon Stefans Lachen, dass er all die Jahre solch krudes Zeug geglaubt hatte. Am Ende lachten nicht nur seine Freundin und Mutter mit, sondern der ganze Zug, der voller Menschen war, die zur Trauerfeier wollten, schien bei bester Laune zu sein. Und auch die Menschen auf dem Petersplatz lachten schließlich aus vollen Kehlen, als ob Stefan ihnen gerade einen pikanten Witz erzählt habe.

Der verstorbene König

Es war einmal ein junger dicker König, dessen größtes Vergnügen es war, sich beim alljährlichen Kostümball als Wassermelone zu präsentieren. Alle anderen aber mussten sich als dürre Karotten ausgeben. Auf diese Weise stach der König heraus und konnte sich in diesem Glanz sonnen, denn er war eitel. Während des übrigen Jahres machte man sich allerdings insgeheim über seine Leibesfülle lustig und spottete ebenso über seine Unlust, seinen königlichen Pflichten nachzukommen.

Sein Vater war ein großer König gewesen, hatte ein feines Gefühl für die Würde seines Amtes gehabt und sich sein Leben lang immer als Diener seines Volkes empfunden. Deshalb respektierte man ihn, deshalb hätte niemand gewagt, sich über ihn lustig zu machen. Dem Vater hatte seine Pflichterfüllung, alle möglichen Repräsentanten ausländischer Staaten, großer Firmen des Landes oder auch Vertreter des einfachen Volkes zu empfangen, immer sichtlich Spaß gemacht.

Der Prinz hingegen wäre gerne Jazzmusiker geworden, denn er liebte Jazz über alles. Er ging oft mehrere Male die Woche in die Jazzclubs und träumte davon, selbst einmal Schlagzeuger in einer Jazzband zu werden. Wann immer er konnte, übte er im Keller des Königspalastes auf seinem

Instrument und hatte es dabei zu einem beachtlichen Können gebracht. Nach Ansicht seines strengen Vaters, der seinen Sohn unverhohlen für einen Taugenichts erachtete, durfte niemand von dessen unschicklicher Leidenschaft erfahren. Der Sohn musste also immer alleine auf seinem Schlagzeug üben, während es eben sein größter Wunsch war, einmal in einer Jazzband zu spielen. Beim jährlichen Kostümball hatte sich eine junge Herzogin in ihn, der als fescher Pirat verkleidet war, verliebt. Bald darauf heirateten sie, auch wenn der Vater erst im letzten Moment seine Zustimmung gab, denn er hatte eine andere Frau für seinen Sohn ausersehen. Wohl aus Rache für dessen Eigensinnigkeit ließ der Vater den Raum, in dem sich das Schlagzeug befand, kurz vor der Hochzeit zumauern, denn es gezieme sich nicht für einen Thronfolger, ein solch banales Instrument zu spielen. Der Sohn verzweifelte an dieser harten Geste seines Vaters. Wenige Wochen später brach sich der Vater beim Sturz vom Jagdpferd das Genick. So war der Sohn zum König geworden, obwohl er sich sein ganzes Leben lang vor dieser Aufgabe hatte drücken wollen.

In dem neuen Amt musste der Sohn plötzlich viele lästige Pflichten erfüllen, die für ihn jeden Tag zu einer größeren Belastung wurden. Es gab jedoch keinen Ausweg aus dieser Zwangsjacke. Er würde sie bis an sein Lebensende tragen müssen. Dieser Gedanke bereitete ihm eine ungemeine Schwermut, weswegen er sich oft überlegte, ob es nicht besser wäre, er löste sich in Luft auf. In jeder freien Minute spielte der König jetzt Videospiele, bei denen er seine innere Verzweiflung wenigstens für kurze Zeit vergessen konnte. Da er seinen Vater auch nach dessen Tod aber immer noch fürchtete, hatte er es nie gewagt, den Raum, in dem sich sein Schlagzeug befand, wieder zu öffnen. Aus Frust über sein verpfuschtes Leben aß der König mehr und mehr und wurde jeden Tag ein Stück dicker. Die Königin wusste um die Schwächen ihres Mannes. Sie kannte nicht jede Einzelheit seiner tragischen Geschichte, aber sie musste ihrem Mann nur ins Gesicht sehen, um zu verstehen, er war tief unglücklich. Seit dem Tod ihres Schwiegervaters waren fünf Jahre vergangen und mit jedem Tag schien ihr Mann dem Abgrund ein Stück näher zu kommen. Sie versuchte seit langer Zeit, ihm Brücken in ein besseres Leben zu bauen, aber bisher mit wenig Erfolg. Das Einzige, worauf er sich noch zu freuen schien, war der Kostümball. Vielleicht auch weil er sich hier wenigstens einmal im Jahr in einem Kostüm verstecken und sich freier geben konnte, als es ihm sonst möglich war. Die Königin überlegte sich, sie müsse vielleicht hier ansetzen, und erzählte ihrem Mann, die Gäste des Kostümballs hätten sich untereinander abgesprochen, sie wollten sich dieses Jahr als hochschwangere Frauen verkleiden, um ihm, dem König, die Schau zu stehlen. Wenn er jedoch mit seinem dicken Bauch auf dem Ball erscheine, so die Königin, werde er alle Höflinge übertreffen und als der Größte und Beste dastehen. Der König überlegte einen Moment, ob ihm diese Vorstellung behagte, aber wenn er nur schwangerer wäre als die anderen, wäre seine Position nicht einzigartig, wie das zwischen einer Wassermelone und den Karotten der Fall war. Überhaupt war ihm die Vorstellung, auf dem Kostümball als schwangerste Frau von allen aufzutreten, in keiner Weise angenehm. Er würde sich damit nur der Lächerlichkeit preisgeben.

In einer Fernsehansprache erklärte er einige Tage später seinem Volk, er müsse sich auf eine lange Reise begeben, deren Ziel nicht mal die Königin kenne, und werde erst in sechs Monaten, pünktlich zum Kostümball, wieder zurückkehren.

Die Menschen glaubten zunächst, diese Reise sei nur eine Ausrede, damit der König für immer seines Amtes entfliehen konnte. Man munkelte, nach einigen Wochen werde auch die Königin aus dem Palast verschwinden und das Paar werde sein Leben in einer herrschaftlichen Villa im Ausland verbringen, ohne sich je wieder um das gemeine Volk zu kümmern. Als nach Wochen immer noch keine Neuigkeit über den König zu erfahren war und die Königin unbeirrt seine Funktionen wahrnahm, fing man jedoch plötzlich an, den König zu vermissen, seine Liebenswürdigkeit zu würdigen und das Zeigen von Schwächen nicht als Schwäche, sondern als Stärke zu empfinden. Auch Videospiele wurden zunehmend als ein Sport und nicht mehr als ein Laster angesehen. War der König zudem nicht ungemein modern, dass er sich seinen noch von vorvorgestern stammenden Repräsentationspflichten, wo er nur konnte, zu entziehen suchte? Mit zunehmender Spannung sah man dem Kostümball entgegen, bei dem der König von seiner Reise zurück sein würde. Als es so weit war, erschienen alle Höflinge wie verabredet als schwangere Frauen. In den letzten Monaten hatten sie sich die größte Mühe gegeben, sich einen dicken Bauch anzufressen. Viele der Männer wirkten, als ob sie am nächsten Tag gebären sollten. So eine Demonstration von Weiblichkeit sorgte bei den Frauen, die alle als Piraten verkleidet waren, für eine gewisse Sehnsucht, selbst schwanger zu werden, doch bei der Vorstellung, ihre fetten Männer würden sich beim Geschlechtsverkehr auf sie wälzen, verging ihnen die Sehnsucht noch am selben Abend. Wo jedoch blieb der König? Bei dem Gedanken, er würde wie im 15. Monat schwanger aussehen und damit alle seine Konkurrenten übertreffen, herrschte bei den Kostümierten ein Gefühl zwischen ausgelassener Heiterkeit und Ehrfurcht, die der dicke Bauch des Königs vielen inzwischen einflößte. Der Abend war jetzt weit fortgeschritten. Noch immer war der König nicht erschienen. War ihm etwas geschehen? War er auf seiner Reise verunglückt? Auch die Königin schien nicht zu wissen, wo sich ihr Mann befand. An diesem Abend stach unter all den schwangeren „Frauen" und Piraten nur ein einfacher Kellner hervor, der sich als Karotte verkleidet hatte und den ganzen Abend wie ein Wiesel zwischen den Gästen hin und her rannte und ihnen die Tabletts mit Getränken oder kleinen Häppchen reichte. Die Ausdauer des Kellners stand in starkem Gegensatz zu den schwangeren Männern, die sich mit ihren fetten Bäuchen oft hinsetzen mussten. Eigentlich aber nahm man den Kellner nur am Rande wahr, da er nur ein Kellner war.

Als sich gegen drei Uhr morgens der letzte Gast von der Königin verabschiedet hatte und der König noch immer nicht erschienen war, sagte man sich auf dem Nachhauseweg, Seine Majestät müsse tot sein. Wie zur Bestätigung dieser Meinung drangen am nächsten Abend aus dem Keller des Königspalastes die Klänge eines Saxophons und eines Klaviers, zu denen sich bald ein wildes, unbändiges Trommel- und Blechschlagen gesellte. Dann vernahm man die Stimme der Königin, die diese ungewohnte Musik mit einer herzzerreißenden Stimme begleitete, die in den Ohren der Menschen wie eine Trauerklage klang. Und die Bevölkerung beweinte den Tod ihres geliebten Königs.

Auf der Suche nach dem Paradies

Lange herrschten die Eismänner über die ganze Welt und die Welt war düster und eisig. Die Sonnenfrauen mussten ihnen zu Diensten sein. Nur die Eismänner fühlten sich wohl in dieser Welt. Sie lagen den ganzen Tag auf ihren Eisbetten und taten nichts. Da sie sich kaum bewegten und immer nur an ihrem Eisbier schleckten, wurden sie oft krank und verstarben früh. Das machte ihnen jedoch nichts aus, denn laut ihrem Glauben kamen sie nach ihrem Tod für einige Zeit ins Paradies, das man sich als eine große Eishügellandschaft voller Eisbäume und Eisvögel vorstellen muss. Von den Eisbäumen konnten sich die Eismänner Eisfrüchte pflücken, die noch besser schmeckten als Eisbier, und die Eisvögel sangen den ganzen Tag Eislieder, deren frostige Melodie die Herzen der Eismänner kälterschlagen ließ. Nach einer Weile kamen die Eismänner aus dem Paradies zurück auf die Erde und schleckten auf ihren Betten wieder Eisbier. Nach Ansicht mancher Sonnenfrauen führten die Eismänner ein langweiliges Leben ohne jegliche Abwechslung; die Eismänner jedoch konnten sich kein besseres Leben vorstellen. Allerdings gab es auch unter den Sonnenfrauen viele, die sich danach sehnten, von den Eisfrüchten des Paradieses zu naschen oder dem Lied eines Eisvogels zu lauschen.

Dann kam die Industrie, die alles veränderte. Die Eismänner mussten plötzlich schuften, in Fabriken arbeiten und konnten nicht mehr den ganzen Tag auf der faulen Haut liegen. In den Fabriken war es heiß und die Eismänner schmolzen dahin. Sie streikten, man solle sie in großen Eishallen arbeiten lassen, aber es dauerte lange, bis sie diese Forderung durchsetzen konnten. Die Eisarbeiter, die schwere Arbeit nicht gewohnt waren, lamentierten bei den Sonnenfrauen, Fabriken seien ein unmöglicher, nichtsnutziger Ort, der so rasch wie möglich wieder abgeschafft gehöre. Doch mit eiserner Hand hielten die Kapitalisten die Eismänner an ihren Arbeitsplätzen fest. Diese mussten zehn Stunden oder länger am Tag arbeiten. Oft fragten sich die Eismänner, was das für ein Leben sei, das sie lebten, und sie sehnten sich nach der Vergangenheit zurück, die in ihren Augen ein einziges Paradies gewesen war, aus dem die Kapitalisten sie vertrieben hatten, um sie als Sklaven zu halten, die ihre Fabriken Tag und Nacht am Laufen halten mussten.

Die Sonnenfrauen aber saßen zuhause an den Webstühlen und mussten oft noch viel länger und viel härter arbeiten als die Eismänner. Wenn sie sich am späten Abend in ihr Feuerbett legten, waren sie so erschöpft, dass jegliche Wärme aus ihnen gewichen und ihre innere Flamme fast erloschen war. Wenn sie nach drei, vier Stunden wieder aufstanden, hatten sie sich kaum erholt und mussten doch den ganzen Tag und einen Großteil des Abends schwerer schuften als die Eismänner, die es immer schafften, hie und da kleine Pausen einzulegen, in denen sie ein Nickerchen machen oder ein Schwätzchen halten konnten. Die Kapitalisten tolerierten dieses Verhalten, denn sie fürchteten, die Eisarbeiter könnten streiken und damit den Produktionsprozess zum Erliegen bringen. Die Eismänner verfügten einfach über ein Selbstbewusstsein und eine Fähigkeit, gemeinsam ihre Interessen durchzusetzen, die die Sonnenfrauen nicht besaßen, denn man hatte ihnen von früh an beigebracht, sie hätten nur ihre Pflichten zu verrichten und kein eigenes Leben zu begehren. Im Alltag jedoch halfen sich die Sonnenfrauen untereinander, achteten nicht nur auf sich selbst wie die Eismänner, sondern hatten ein Gewissen und Mitgefühl mit ihrem Nächsten. Sie hatten gar oft Mitleid mit den Eismännern, denn diese konnten ihre Lage immer in den düstersten Farben darstellen, als ob nur sie unter dem Joch der Kapitalisten zu leiden hätten. Die Frauen fielen immer wieder auf diese Jammertaktik herein und forderten von sich selbst die größte Aufopferung, damit die Eismänner es etwas besser hätten. Sie verschafften ihnen kleine Vorteile, kleine Aufmerksamkeiten, kleine Extras, die die Eismänner am Ende des Tages viel besser dastehen ließen als die Sonnenfrauen. Die Eismänner waren es gewohnt, dass man ihnen diese Privilegien gewährte. In ihren Augen standen sie ihnen zu, sie waren etwas Selbstverständliches, über das man gar nicht zu reden brauchte. So war die Welt nun mal eingerichtet und so hatte sie – Fabrik hin oder her – zu bleiben.

Es gab einige wenige Sonnenfrauen, die ein schönes und bequemes Leben hatten. Sie mussten nicht arbeiten, den Eismännern keine Dienste leisten, konnten sich frei entfalten und ihren eigenen Wünschen nachgehen. Viele von diesen Sonnenfrauen waren nicht weniger egoistisch als die Eismänner, aber einige wenige dieser privilegierten Sonnenfrauen fingen an, sich Gedanken zu machen über die Ungerechtigkeit der Welt. Das war ein Novum. Noch nie hatte jemand von Ungerechtigkeit gesprochen. Eine dieser Denkerinnen hieß Josefine.

Josefine hatte zunächst das Leben einer bevorzugten Sonnenfrau genossen, den ganzen Tag in der Sonne auf ihrem Sonnenbett gelegen und sich von anderen Sonnenfrauen bedienen lassen. Sie hatte sich keinerlei Gedanken über ihren Status gemacht und so hätte sie vermutlich ihr ganzes Leben verbracht, wenn nicht eines Tages ein Eismann in ihre geschützte Anlage eingedrungen wäre, sich auf sie geworfen und ihr fast ihr ganzes Feuer genommen hätte. Josefine lag danach viele Wochen im Krankenhaus und erholte sich lange nicht von dieser Löschung. Sie war zwar noch jung und ihr Sonnenkörper kam rasch wieder zu Kräften, aber es war ihr Sonnenkopf, der dieses Verbrechen an ihrem Körper und an ihrer Sonnenseele als eine schwere Kränkung und Verletzung empfand. Sie sann auf Rache gegen diesen Eismann, der sich jedoch aus dem Eis gemacht hatte und nirgendwo zu finden war. Dass dieser Eismann nicht bestraft wurde, betrachtete Josefine als eine tiefe Ungerechtigkeit. Ihre Gedanken kreisten lange Zeit nur darum, wie sie diesen Eismann seiner Strafe zuführen konnte. Sie überlegte, ihn mit einem Eispickel in tausend Eissplitter zu zerschlagen oder ihn mit einem Flammenwerfer in Dampf zu verwandeln. Josefine bekam schließlich von einer zuverlässigen Quelle gesteckt, ihr Löscher sei verstorben und befinde sich jetzt im Paradies. Sie wusste, er würde nach einiger Zeit wieder auf die Erde zurückkehren, um neue Untaten zu begehen. Josefine fragte sich, wie sie diesen Kreislauf durchbrechen konnte, der nur zum Vorteil der Eismänner eingerichtet war. Sie fasste den Entschluss, ebenfalls ins Paradies zu gehen, um dem Löscher dort den Prozess zu machen, damit er für lange Zeit ins Eisgefängnis käme. Es gab wenig, vor dem sich die Eismänner zu fürchten schienen, aber das Eisgefängnis war ein berüchtigter Ort, dem gegenüber selbst die Fabrik als Erholung galt. Josefine musste also ins Paradies gelangen, doch es war nicht vorgesehen, dass auch Sonnenfrauen ins Paradies kamen, es sei denn als Sklavinnen.

Von daher kam Josefine auf die Idee, sich als Eismann zu verkleiden und sich auf diese Weise Eintritt ins Paradies zu verschaffen. Es war nicht einfach, aus einer Sonnenfrau einen Eismann zu machen. Sie musste sich tagelang in eine Eiskammer stellen und sich ganz allmählich daran gewöhnen, dass ihr Körper immer kälter wurde. Das war gegen ihre Natur, die auf Wärme und Hitze ausgerichtet war, aber Josefine biss die Zähne zusammen und ihr Wille, sich Gerechtigkeit zu verschaffen, war groß. Nach einigen Wochen hatte sie es geschafft: Sie war zu einem Eismann geworden. Nur ihre hohe Stimme verriet ein wenig, dass sie eigentlich eine Sonnenfrau war. Sie bestand nunmehr ganz aus Eis bis auf eine kleine, eine minimale Flamme, die in ihrem Bauch geblieben war. Sie durfte diese Flamme auf keinen Fall ausgehen lassen. Sonst würde sie für immer ein Eismann bleiben. Sie durfte die Flamme aber auch nicht zu groß werden lassen. Sonst würde sie vor Vollendung ihres Vorhabens wieder zu einer Sonnenfrau werden.

Josefine wusste nicht, wie man ins Paradies kam. Sie hatte sich diese Frage nie gestellt. Für sie war das Paradies ein Ort des Friedens und der Ruhe, das eigentlich allen Menschen, seien sie nun Eismänner oder Sonnenfrauen offenstehen sollte, aber dem war nicht so. Das Paradies war ein Eismännerparadies, in dem Sonnenfrauen nichts zu suchen hatten, selbst nicht die privilegierten Sonnenfrauen, die es auf Erden manchmal besser hatten als die Eismänner. Für die Sonnenfrauen war vorgesehen, dass ihre Flamme irgendwann erlosch und nichts von ihnen blieb, weil das Feuer keine Materie war. Nichts erinnerte an eine Sonnenfrau, wenn sie gestorben war. Ihre Leistungen, ihre Taten, ihre Arbeit gerieten in Vergessenheit, als ob es sie nie gegeben hätte. Ihre Tätigkeit war unwichtig, zählte nicht. Kurz nach ihrem Tod war sie vergessen, während die Geschichtsbücher in unendlichen Varianten von den Taten der großen Eismänner erzählten. Doch wer verrichtete eigentlich die meiste Arbeit, wer opferte die meiste Zeit für das Fortkommen der Menschen? Das waren Fragen, die Josefine sich mehr und mehr stellte, seitdem sie als Eismann näher mit der Gesellschaft der Eismänner zusammenkam. Bisher war ihr diese Welt wie ein Buch mit zwanzig Siegeln vorgekommen, das sie auch gar nicht interessierte. Da sie aber herausfinden musste, wie sie ins Paradies kommen konnte, musste sie immer wieder mit Eismännern sprechen und sich auf ihre Gedanken und Vorstellungen einlassen. Sie merkte rasch, wie wenig die Eismänner die Sonnenfrauen achteten, wie sie auf sie herabschauten, wie abgedroschen und verächtlich sie über deren Körper redeten, wie wenig sie deren geistige Fähigkeiten würdigten. Josefines Herz füllte sich bald mit Abscheu über das, was sie aus den Mündern der Eismänner vernahm. Ihr wurde bewusst, ihr Löscher war kein Einzelfall, sondern es gab viele Eismänner, die ähnlich dachten und handelten und sich dessen in keiner Weise schämten.

Die Aufdeckung dieser Realität war für Josefine fast ein größerer Schock, als es ihre Löschung gewesen war. Sie machte sich zum ersten Mal bewusst, ihr eigener Fall fügte sich in ein ganzes Sys-

tem von Löschungen ein, die in den Augen der
Eismänner keineswegs ein Verbrechen, sondern
ihr Anrecht waren, mit den Sonnenfrauen alles zu
tun, was ihnen gerade in den Sinn kam. Die Sonnenfrauen waren in ihren Augen eigentlich keine
Menschen, sondern nur eine Flamme, die sich in
jeglicher Hinsicht ihren Wünschen zu fügen
hatte.

So wichtig diese Erkenntnisse über die Eismännerwelt für Josefine waren, so war sie ihrem eigentlichen Ziel zu erfahren, wie man ins Paradies
kam, um keinen Schritt nähergekommen. Es war,
als ob die Eismänner bei aller Vertraulichkeit, die
sie gegenüber dem Eismann Josefine entwickel-
ten, über dieses eine Thema einfach nicht sprechen wollten. Wenn Josefine direkte Fragen
stellte, bekam sie keine Antwort, aber ebenso wenig nutzte es ihr, wenn sie auf Umwegen versuchte, an Informationen zu gelangen. Ihr wurde
jedoch indirekt immer klarer, in den Vorstellungen der Eismänner nahm das Paradies eine große
Rolle ein. In gewisser Weise stellte das Paradies
die Voraussetzung für ihre Herrschaft über die
Sonnenfrauen dar. Die Sonnenfrauen waren immer an ihre irdische Existenz gebunden; eine andere Welt gab es nicht. Wenn die Sonnenfrauen in
Schwierigkeiten gerieten, hatten sie keine andere

Möglichkeit, als diese Schwierigkeiten anzuge-
hen, sich ihnen zu stellen. Die Eismänner hingegen konnten, wenn sie in Bedrängnis kamen, sich
gedanklich oder auch in realiter immer in das Paradies zurückziehen, in dem niemand ihnen ihre
Herrschaft streitig machte. Vielleicht war das der
Grund, weswegen sie den Zugang zu diesem Ort
so geheim hielten und ihn auf keinen Fall preisgeben wollten.

Während Sonnenfrauen sich eigentlich alles erzählen konnten, schienen die Eismänner einander immer ein wenig zu misstrauen. Sie sahen
sich in Konkurrenz zueinander. Sie wollten besser
sein als die anderen Eismänner. Nur wenn es darum ging, ihre angestammten Privilegien zu ver-
teidigen, bildeten sie eine geschlossene Front,
durch die es kein Durchkommen gab. Sonnenfrauen konnten zwar auch gewitzt und hartnäckig
sein bei der Verteidigung ihrer Interessen und
doch gingen sie dabei nicht so ruchlos wie die Eismänner vor, die bei der Durchsetzung ihrer
Machtinteressen keinerlei Skrupel kannten.

Da die Sphären der Sonnenfrauen und der Eismänner sonst weitgehend getrennt waren, hatte
Josefine nie einen wirklichen Einblick in die Ge-
dankenwelt des anderen Geschlechts bekommen.
Was sie jetzt erfuhr, denn die Eismänner wähnten

ja, Josefine gehöre zu ihrer Seite, und zeigten sich ihr daher in vielen Dingen ohne jegliche Hemmung, schockierte sie, ließ sie oft Panik empfinden, was geschähe, wenn man ihre wahre Identität entdecken sollte. Sie merkte in ihrem Bauch, die Flamme war schon etwas größer geworden. Sie musste aufpassen, dass ihr ganzes Vorhaben nicht scheiterte, wenn das Eis, das sie umgab, innerhalb kurzer Zeit zerschmelzen sollte. Je mehr sie sich als Sonnenfrau fühlte, desto stärker wurde die Flamme. Wenn sie sich hingegen vollkommen in ihre Rolle als Eismann begab und so tat, als ob sie mit allen Äußerungen der anderen Eismänner einverstanden sei, wurde die Flamme etwas kleiner. Es war ein schwieriger Balanceakt, bei dem sie sich sehr konzentrieren musste, um weder zu sehr in die eine Richtung noch in die andere abzugleiten. Ihr wurde jedoch auch bewusst, ihre innere Stärke wurde von Tag zu Tag größer, indem sie gewisse eismännliche Eigenschaften mit dem verband, was sie als Sonnenfrau dachte und empfand. Es waren eigentlich nur Akzentverschiebungen, die jedoch große Wirkung zeigten. Während sie ihre Rolle als Eismann anfangs nur zögerlich angenommen hatte, war sie zunehmend in sie hineingewachsen. Sie versuchte, sich dabei nicht selbst untreu zu werden bzw. Verrat an ihrem eigenen Geschlecht zu üben. Das war nicht einfach, wenn ihr Eismänner z. B. schmutzige Witze über Sonnenfrauen erzählten, über die sie dann auch lachen sollte.

So sehr Josefine darüber frustriert war, von niemandem erfahren zu können, wie sie ins Paradies gelangen konnte, so war das, was sie allgemein über das Paradies oder andere Aspekte der Eismännerwelt erfuhr, doch erhellend und würde ihr nützlich sein, sobald sie tatsächlich ins Paradies kam. Ohne diese neuen Erfahrungen, das spürte sie deutlich, hätte sie nie gewusst, worauf es im Paradies ankommen würde, was sie sagen konnte und worüber sie lieber schweigen sollte, denn auch im Paradies galten, das konnte sie jetzt schon mit Sicherheit sagen, Verhaltensregeln, herrschte keine grenzenlose Freiheit, so sehr die Eismänner auch davon schwärmten, was im Paradies alles möglich sei. Noch immer jedoch hatte niemand Josefine auch nur den kleinsten Hinweis gegeben, wo sich der Zugang zum Paradies befinde.

Eines Nachts allerdings träumte Josefine, sie sei in einem Aufzug, der nur für die toten Eismänner reserviert war, um sie in den Himmel zu bringen. Es war voll in dem Aufzug. Da die Eismänner tot waren, war es eigentlich mucksmäuschenstill in diesem Himmelsaufzug und doch meinte Josefine ein leichtes Winseln zu hören, unterdrückte Klagelaute, aber vielleicht auch Jauchzer, als ob die Eisleichen immer noch ein wenig am Leben seien oder sich hingegen nach ihrem Tod allmählich auf ihre Wiederauferstehung im Paradies vorbereiteten. Josefine beugte sich zu einer dieser Leichen hinunter und hielt ihr Ohr an deren Mund. Nein, da war nichts, da waren keine Klagelaute. Der Eismann war wirklich tot. Als sich gerade die Tür des Aufzugs öffnete, weil man oben im Himmel angekommen war, erwachte Josefine. Zunächst war sie ungemein betrübt, das Paradies nicht mit eigenen Augen – und waren es nur Traumaugen – gesehen zu haben. Tagelang musste sie über diesen Traum nachdenken, denn er schien ihr der Schlüssel zu sein, wenn sie den Weg zum Paradies tatsächlich finden wollte. Sie fragte unter ihren Eismännerbekannten vorsichtig nach, ob sie etwas von einem Aufzug in den Himmel wüssten und wo sich dieser befinden könne. Die Bekannten fanden ihren Traum interessant und ungewöhnlich, aber nein, sie wüssten nichts von einem solchen Aufzug. Josefine gab nicht auf und fragte weiter, aber nie erhielt sie eine konkrete Antwort, wo sich dieser Aufzug befinden könne. Sie suchte jetzt selbst alle möglichen Orte auf, um ihn zu finden, aber sie merkte, sie verlor allmählich die Balance, die Flamme in ihrem Inneren schwankte gefährlich. Manchmal war sie fast erloschen, wenn sie sich zu sehr in die Köpfe der Eismänner hineinversetzte; manchmal hingegen war sie so empört, den Zugang zum Paradies nicht finden zu können, dass die Bauchflamme einen kurzen Moment stark aufflackerte. Sie wusste, sie musste sich beherrschen, wenn ihr Vorhaben nicht scheitern sollte, aber wie sollte sie an ihr Ziel gelangen, wenn sie auch nach Monaten keinerlei Hinweis erhalten hatte, denn auch ihr Traum, dem sie so viel Bedeutung beigemessen hatte, schien ihr inzwischen immer mehr wie eine leere Hülse, die rein gar nichts zu bedeuten hatte.

Eines Morgens jedoch wachte Josefine in ihrem Eisbett auf und fühlte sich auf einmal frei und wieder sie selbst. Sie spürte eine große Erleichterung, die sie fast überwältigte. Sie versuchte, sich zu erinnern, was ihr gerade im Halbschlaf durch den Kopf gegangen war. Nach einer Weile konnte sie sich wieder ein Bild aus ihrem schon fast vergessenen Traum vergegenwärtigen. Es war der Moment, als sie ihr Ohr an den Mund des toten Eismanns gehalten hatte und absolut nichts außer der Stille des Todes vernommen oder gespürt hatte. Ihr ging auf einmal durch den Kopf, war das des Rätsels Lösung? War der Tod eine Grenze, die man nicht überschreiten konnte? Gab es also weder einen Zugang bzw. Aufzug zum Paradies noch das Paradies selbst? War das alles nur eine Einbildung der Männer, um sich wohlzufühlen, um eine Ausrede zu haben, sich nicht den Problemen hier auf der Erde stellen zu müssen? Waren am Ende die Frauen klüger, die ganz ohne Paradies auskamen? Bei diesen Gedanken spürte Josefine, wie ihr Körper ganz warm wurde, und sie stellte mit Erschrecken fest, ihre innere Flamme hatte die Eisschicht, die sie umgab, an manchen Stellen schon schmelzen lassen. Es war nur noch eine Frage von Augenblicken, bis sie wieder eine Sonnenfrau sein würde. In Windeseile floh sie aus dem Haus und kehrte zu ihresgleichen zurück.

Josefine wurde für ihre Heldinnentat, sich so lange unter die Eismänner begeben zu haben, von den Sonnenfrauen überschwänglich gefeiert. Ihre Erkenntnis, es gab gar kein Paradies, sondern es stellte nur eine Einbildung der Eismänner dar, um ihre Macht zu verewigen, wiederholte sie bei vielen Vorträgen und Podiumsdiskussionen. Die Sonnenfrauen wollten ihr zunächst nicht glauben, weil es, wie zu Anfang gesagt, auch unter ihnen viele Anhänger der Idee an ein Paradies

171

gab, aber allmählich setzte sich diese neue Wahrheit durch und auch immer mehr Eismänner schüttelten den Kopf, wenn andere Eismänner ihnen von den angeblichen Segnungen des Paradieses erzählten.

Wenn es kein Paradies gab, konnte sich auch Josefines Löscher nicht im Paradies befinden. Wenn er nicht gestorben war, musste er noch irgendwo hier auf der Erde sein. Die Sonnenpolizei suchte lange Zeit vergeblich nach diesem Täter, aber schließlich konnte er in seinem Heimatdorf, wo er sich in einem Kellerloch versteckt gehalten hatte, aufgrund des Hinweises einer mit ihm verwandten Sonnenfrau verhaftet werden. Der Löscher wurde zu einer langen Gefängnisstrafe verurteilt.

Josefine aber lebte nach dieser aufregenden Zeit, die ihre ganze Sicht auf die Welt verändert hatte, ein langes und zufriedenes Leben und erlosch erst im Alter von 80 Jahren. Frau begrub sie unter einer Buche auf dem bis dahin nur den Eismännern vorbehaltenen städtischen Friedhof. Und an Sonnentagen schien ein warmes Licht auf Josefines Grab.

Sprechklavier.

Das Klavier hat eine große Klappe und redet von morgens bis spät in den Abend. Es redet über alles Mögliche, alles, was ihm gerade in den Sinn kommt. Am meisten natürlich über das, was es aus dem Fernsehen und dem Internet aufgeschnappt hat. Wenn uns das Gerede des Klaviers zu laut ist oder uns zu sehr auf den Geist geht, verlassen wir das Wohnzimmer, setzen uns in die Küche, schalten das Radio ein und unterhalten uns. Die Musik entspannt uns und wir können uns etwas von dem Dauergequatsche des Klaviers erholen.

Vor langer Zeit konnte man auf dem Klavier noch Musik spielen, aber da wir alle nur mittelmäßige bis schlechte Klavierspieler waren, hatte das Klavier irgendwann einen Koller gekriegt und sich geweigert, dass man weiter auf ihm spiele. Danach hatte das Klavier zunächst geschwiegen. Es stand einfach nutzlos im Raum, aber es war eben das Erbstück eines Großonkels. Vor dem Klavier stand der Fernseher, der oft genug Tag und Nacht lief. Wir konnten an den Misstönen, die das Klavier alle paar Stunden von sich gab, erkennen, ihm missfiel das laute Gequatsche des Fernsehers. Außer diesen gelegentlichen Bekundungen des Missfallens schwieg das Klavier jedoch und in unserem Bewusstsein trat es immer mehr in den Hintergrund. Ob das Klavier in unserem Wohnzimmer stand oder nicht, es machte keinen Unterschied mehr. Wir hatten auch nie wieder einen Klavierstimmer kommen lassen, so dass es, selbst wenn es erlaubt hätte, dass wir wieder auf ihm spielten, ganz schief geklungen hätte, aber wir hatten eh keinerlei Absicht, uns wieder an das Klavier zu setzen. Wir wollten eigentlich nur noch Fernsehen schauen. Der Rest war uns vollkommen egal.

Irgendwann jedoch musste es dem Klavier gereicht haben, denn es fing mitten in dem spannendsten Krimi an, eine fröhliche Melodie zu klimpern und machte uns damit jeglichen Fernsehfilm, den wir uns ansehen wollten, kaputt. Wir bedeuteten dem Klavier, es solle schweigen, aber es klimperte einfach weiter, bis wir so genervt waren, dass wir ein Gewicht auf die Tasten legten, so dass das Klavier keinen Ton mehr erzeugen konnte. So hatten wir eine ganze Weile Ruhe, bis das Klavier anfing, seine Klappe zu öffnen. Zunächst sprach es nur leise, so dass wir seine Worte kaum wahrnahmen und uns weiterhin ungestört vor den Fernseher setzen konnten. Worüber sprach das Klavier? Es hielt ganze Vorträge darüber, dass Fernsehen keine Kultur, sondern nur abgedroschene Phrase sei. Das Klavier sprach über die Verunselbstständigung und die Verdummung des modernen Menschen. Früher sei das Klavier ein Statussymbol gewesen, das in nahezu jedem bürgerlichen Haushalt gestanden habe. Man musizierte zusammen, veranstaltete Hauskonzerte. Das Klavierspiel sei ein Moment gewesen, bei dem die ganze Familie auf wunderbare Weise zusammengekommen sei. Es habe ein Geist der Zugehörigkeit bestanden, man habe feinere Empfindungen gehabt, sich viele Stunden über ein Notenheft beugen können, um den Aufbau und die Bedeutung eines Musikstücks zu verstehen.

Wir hörten kaum hin und diese Vorträge interessierten uns nicht, betrafen uns nicht. Das Klavier muss es bemerkt haben, dass wir ihm keinerlei Aufmerksamkeit schenkten. Jedenfalls hörten die Vorträge irgendwann auf und das Klavier fing an, uns in schon etwas lauterem Tonfall Fragen zu unserem Alltag zu stellen. Wir antworteten knapp und auch hier ohne wirkliches Interesse, weil wir beim Fernsehen nicht gestört werden wollten. Schließlich muss sich das Klavier gesagt haben, wenn ich den Feind nicht besiegen kann, muss ich so werden wie er. Jedenfalls sprach es jetzt im Tonfall und im Slang und mit der Lautstärke des

Fernsehens. Damit allerdings brachte es uns immer wieder zum Lachen und für eine ganze Weile schalteten wir den Fernseher aus und hörten nur noch dem Klavier zu. Wir nahmen sogar die Gewichte von den Tasten und ließen das Klavier stimmen und es spielte uns herrliche Vertonungen von Popliedern von Abba, Tina Turner, Fleetwood Mac und vielen anderen vor. Ich nehme an, das Klavier hätte uns viel lieber klassische Musik vorgeführt, aber es wusste nur zu gut, mit unserer Fernsehbildung konnten wir mit solchen alten Kamellen nichts mehr anfangen. Es fügte sich also in sein Schicksal, um in unserem Leben überhaupt noch eine Funktion wahrzunehmen.

Obwohl wir diese Klavierunterhaltung sehr genossen, kam uns nie in den Sinn, uns selber wieder einmal ans Klavier zu setzen. Vielleicht hatten wir unsere Rollen als passive Konsumenten schon so verinnerlicht, dass wir es uns entweder aus Ehrfurcht und Angst vor dem professionellen Spiel des Klaviers nicht zutrauten oder aus schierer Faulheit nicht den Elan aufbrachten, wieder Klavier zu spielen. Wenn wir wenigstens den Versuch unternommen hätten, wäre uns vielleicht so manches erspart geblieben. Das Klavier muss über das Fehlen jeglichen Engagements von unserer Seite sehr frustriert gewesen sein. Vielleicht hatte es seinen Köcher mit das Fernsehen parodierenden Einlagen auch langsam leergeschossen. Vielleicht sah es auch keine Möglichkeit mehr, sich gegenüber dem übermächtigen Feind Fernsehen auch nur noch den kleinsten Moment der Eigenständigkeit zu bewahren. Jedenfalls ging es immer mehr dazu über, nur noch die blödesten Witze aus dem Fernsehen nachzuplappern oder uns die kitschigsten Szenen einer Telenovela nachzuspielen. Es war inzwischen die Zeit, als alle Welt sich ein Smartphone zulegte. Wir tippten nur noch auf diesen neuen Geräten herum und achteten kaum mehr darauf, ob im Hintergrund der Fernseher lief oder hingegen das Klavier verzweifelt versuchte, mit viel billiger Komik wieder unsere Aufmerksamkeit zu gewinnen. Man muss hinzufügen, das Klavier war in dieser Zeit noch lauter geworden. Es brüllte uns nahezu an.

Wie oft haben wir inzwischen darüber nachgedacht, das nervtötende Klavier zu entsorgen. Wieso wir dieses Vorhaben nicht längst in die Tat umgesetzt haben, weiß ich nicht. Ich denke manchmal, man reißt ja auch keine Kirchen ab, bloß weil niemand mehr in den Gottesdienst geht. Ein bisschen Tradition finde ich gar nicht schlecht. Wenn das Klavier selten mal die Klappe hält, schaue ich sofort in seine Richtung und frage

mich, ob es irgendetwas hat, ob es ihm nicht gut-
geht. Trotz all seiner Macken hänge ich an diesem
Klavier, weil es einfach zu meiner Familie gehört.
Es ist wie ein Bruder oder eine Schwester, mit denen es seit langer Zeit immer wieder knatscht,
aber den oder die man auch nicht einfach vor die
Tür setzen kann. Bei der Lautstärke, mit der das
Klavier spricht und spielt, ist allerdings eine nor-
male Unterhaltung im Wohnzimmer kaum noch
möglich. Deshalb ziehen wir uns, wie schon anfangs erwähnt, immer öfter in die Küche zurück,
um ein bisschen Zeit für uns zu haben und einfach von Mensch zu Mensch miteinander zu sprechen. Es ist schön, miteinander zu reden. Einfach
so.

Kaffeehörner

Alles wird gut, sagte ich zu Christian, als ich ihm den Kaffee in seine kleine Tasse goss, doch in Wahrheit war ich stark beunruhigt. Nach einer Weile merkte ich, ich rupfte an meiner Fingerhaut, was ich inzwischen nur noch tat, wenn ich besonders nervös war. Ich nahm meinen ganzen Mut zusammen und fragte Christian, ob ich diese Sache für mich behalten oder an die große Glocke hängen solle. Christian überredete mich, mit ihm zur Polizeiwache zu gehen und Anzeige gegen Unbekannt wegen Diebstahls zu erstatten. Anschließend fuhren wir mit der Straßenbahn wieder zu ihm und beratschlagten, wie wir weiter vorgehen sollten. Er meinte, ich solle nicht zu spät ins Bett gehen, damit ich am nächsten Tag bereits um acht an der verabredeten Stelle am Stellvertretersee sein könne. Ich legte mich auf das Sofa in seinem Wohnzimmer und schlief sofort ein. Gegen sechs Uhr wachte ich auf, ohne dass der Wecker mich geweckt hätte. Nachdem ich geduscht und mir auch die Haare gewaschen hatte, machte ich Christian und mir einen Kaffee. Er war noch bis spät aufgeblieben, weil er sich zum wiederholten Male Gedanken über meinen Fall gemacht habe, aber er sagte, als er mit übermüdeten Augen auf seine Kaffeetasse blickte, die

Sache bleibe für ihn mysteriös. Er habe keine Erklärung dafür, was passiert sei. Nachdem wir unsere Jacken angezogen hatten, brachen wir auf. Christian fuhr ins Büro und ich zu meiner Verabredung. Ich musste erst eine ganze Weile mit dem Bus fahren und dann eine Viertelstunde bis zum Stellvertretersee laufen. Es war kurz vor acht. Ich wartete. Am Seeufer schwammen einige Stockenten und auch zwei schwarze Blässhühner. Ich schaute ihnen eine Weile zu, wie sie sich gegenseitig hinterherjagten. Es war schon Viertel nach acht, wie ich beim Blick auf meine Uhr feststellte. Christian war immer noch nicht erschienen, obwohl er am Vorabend gesagt hatte, als ich mich auf sein Sofa legte, er werde direkt von zuhause an den Stellvertretersee kommen. Ich nahm mein Handy in die Hand und rief seine Festnetznummer an. Ich musste lange klingeln lassen, bevor er schließlich ranging. Er habe bis spät in die Nacht einen Dokumentarfilm über modernen Sklavenhandel angesehen, entschuldigte er sich. Deshalb habe er wohl das Weckerklingeln überhört. Er sei zudem lange nicht eingeschlafen, weil ihn der Film so aufgewühlt habe. Ich war verärgert. Ich hätte mir heute extra freigenommen, um mich mit ihm am Stellvertretersee zu treffen, sagte ich ihm. Jetzt säße ich hier alleine und müsse zwei Stunden warten, bis der nächste Bus zurück in die Stadt fahre. Christian bot mir an, er könne in einer Viertelstunde mit dem Auto da sein und mich abholen. Obwohl ich wegen seines Verhaltens immer noch beleidigt war, nahm ich sein Angebot an. Nach etwa einer Stunde saßen wir in seinem Büro und tranken wieder Kaffee. Christian fragte mich, wie meine Verabredung verlaufen sei, ob ich irgendetwas Neues erfahren hätte. Nichts, erwiderte ich. Christian meinte, während ich am Stellvertretersee gewesen sei, habe er im Büro alte Akten gewälzt, um nach möglichen Parallelfällen zu meinem eigenen Fall zu suchen. Er sei dabei auf eine Frau X gestoßen, die vor vierzig Jahren etwas Ähnliches erlebt habe wie ich. Christian schilderte mir den Fall ausführlich und meinte zum Schluss, Frau X sei inzwischen 65 Jahre alt und lebe immer noch in unserer Stadt. Er habe sogar ihre aktuelle Anschrift ausfindig machen können, aber sie besitze anscheinend kein Telefon. Deshalb könnten wir sie nur auf gut Glück aufsuchen. Ich sagte, ich müsse um zwei wieder an meinem Arbeitsplatz sein, weil dann eine wichtige Kundin in unseren Betrieb komme, der ich unsere neue Produktpalette für den Herbst zeigen solle, aber wenn Frau X nicht allzu weit entfernt wohne, sollten wir es gut schaffen, schloss ich meine Bemerkung ab. Da Christian sein Auto am Vorabend in die Werkstatt gebracht hatte, gingen wir zu Fuß zu Frau X. Es war wirklich nicht weit. Sie wohnte in einer herrschaftlichen Villa keine zehn Minuten zu Fuß von der Stelle am Stellvertretersee entfernt, wo ich vorhin vergeblich auf Christian bzw. auf meine andere Verabredung gewartet hatte. Wir klingelten. Ihre Dienerin machte uns auf und geleitete uns in die Empfangsküche, wo Frau X gerade ein dickes Buch las. Sie klappte es zu, als wir hereinkamen, stand auf und begrüßte erst ihre Dienerin und dann uns. Dann schickte sie Christian in den Garten, um den Rasen zu mähen, und die Dienerin Geraldine, die übrigens sehr hübsch aussah, und ich blieben mit ihr allein. Frau X sagte, sie erinnere sich kaum an das, was ihr vor 40 Jahren passiert sei, aber sie habe letztes Jahr ein Buch über ihren Fall geschrieben, in dem sie zufällig gerade gelesen habe, als wir die Empfangsküche betreten hätten. Im Übrigen brauche sie diese Erinnerungsstütze gar nicht, denn sie erinnere sich noch sehr genau, was damals vorgefallen sei. So etwas vergesse man schließlich nicht. Als sie ihre Erzählung um fünf Uhr nachmittags beendet hatte, musste ich mich sehr beeilen, um pünktlich um zwei im Betrieb zu sein, aber ich schaffte es gerade. Als die Kundin um Punkt zwei eintraf – es war dieselbe Frau X, die ich gerade verlassen hatte – erzählte sie mir bis fünf von ihrem 40 Jahre zurückliegenden Fall. Als Frau X ihre Erzählung beendet hatte, ging sie, ohne sich unsere neue Produktpalette angesehen zu haben. Mein Chef, der die ganze Zeit neben mir gestanden und den Erklärungen von Frau X atemlos zugehört hatte, klopfte mir auf die Schulter und versprach mir eine ordentliche Gehaltserhöhung. Zufrieden verabschiedete ich mich auch von Geraldine und ging in den Garten, wo Christian immer noch den Rasen mähte, doch er war just in dem Moment fertig geworden, wickelte nur noch das Rasenmähkabel auf und stellte alles in den Geräteschuppen. Dabei unterhielt er sich noch eine Weile mit Geraldine. Die beiden schienen sich gut zu verstehen. Mir behagte das nicht.

Als wir wieder bei Christian zuhause angekommen waren, hatten wir beide großen Hunger und Christian kochte Nudeln und machte eine Tomatensauce warm. Nach dem Essen bereitete ich noch einen Mokka zu. Alles ist gut, sagte ich zu Christian, als ich ihm den Kaffee in seine kleine Tasse goss. In der Nacht fiel mir die Lösung meines Falles ein, aber am Morgen hatte ich die

Lösung wieder vergessen. Ich schrieb sie mir auf einen Zettel, knüllte ihn zusammen und warf ihn in den Papierkorb. Christian und ich besprachen uns beim Frühstück, wie wir meinen unlösbaren Fall vielleicht doch noch lösen könnten, aber keiner von uns hatte eine Idee, wie wir weiter vorgehen sollten. Wir müssen Lotto spielen, sagte Christian schließlich und wir gingen sogleich zu der Lottoannahmestelle, bei der mein Chef hinter dem Tresen stand. Hinter seinem Rücken konnte ich an der Wand unsere neue Produktpalette sehen. Ich muss zugeben, auch ich war in dem Moment stolz auf das, was unsere Firma in den letzten Monaten mit vereinten Kräften erschaffen hatte. Mein Chef zahlte mir den Lottogewinn aus und scherzte, bei solch hohen Gewinnen bräuchte ich ja gar keine Gehaltserhöhung mehr. Ich aber stopfte das Geld in meine Tasche und wollte gehen, als mein Chef mich um einen letzten Gefallen bat. Ich solle ihn hier hinter dem Tresen kurz vertreten, während er auf Toilette gehe. Es werde nur fünf Minuten dauern, dann sei er wieder da. Christian musste gehen und ich blieb allein in dem Laden.

Und es geschah das Unglück, das mich die ganzen letzten Tage so beschäftigt hatte. Man muss dazu wissen, unsere Produktpalette bestand aus vielen einzelnen Teilen, die nur zusammen einen Sinn ergaben. Diese Teile waren noch bei weitem nicht serienreif, weil wir noch viele zusätzliche Tests an ihnen durchführen mussten. Die Produktpalette, die sich jetzt hinter meinem Rücken befand, während ich auf neue Lottokunden wartete, bestand also aus handgefertigten und unersetzlichen Originalen. In dem Moment betrat ein Kunde den Laden und wollte eine Briefmarke haben. Wir verkaufen nur Lottoscheine, sagte ich. Wie schade, erwiderte er, aber vielleicht können Sie mir trotzdem weiterhelfen. Ich möchte einem Herrn – er nannte meinen Namen – diesen Brief senden, den er mir heute geschickt hat, aber ich weiß seine genaue Adresse nicht, obwohl er sie auf die Vorderseite seines Briefes geschrieben hat. Ich war erstaunt, denn ich schrieb seit Jahren keinen einzigen Brief mehr, aber ich sagte, ich sei die Person, die er suche. Der Kunde überreichte mir erfreut den Brief und verließ eiligen Schrittes den Lottoladen. Ich schaute ihm etwas erstaunt nach – er war mehr ein Geist als eine reale Person gewesen –, blickte auf den Brief in meiner Hand und erkannte tatsächlich meine Handschrift auf dem Umschlag. Ich steckte den Brief in meine Tasche, wo sich bereits das Geld von meinem Lottogewinn befand.

In dem Moment kam mein Chef von der Toilette zurück und stellte fest, von der Produktpalette fehlte die Hälfte. Sie sind ein Verkaufsgenie erklärte er begeistert und umarmte mich. Morgen ernenne ich dich zu meinem Nachfolger. Wie haben Sie das geschafft, in nur 5 Minuten so viel Ware an den Mann zu bringen? Ich wandte ein, man habe uns die Hälfte der Produktpalette wohl eher geklaut, so dass jetzt weder wir noch der Dieb mit der jeweiligen Hälfte irgendetwas anfangen könnten, aber meinen Chef schien das nicht im Geringsten zu bekümmern, sondern er rief die ganze Belegschaft zusammen, um gemeinsam auf meinen großartigen Verkaufserfolg anzustoßen. Ich fühlte mich geehrt und leerte die Flasche Wassersekt, die der Chef mir inzwischen gereicht hatte, in einem Schluck. Danach fuhr ich vom Betrieb wieder nach Hause und legte mich auf Christians Sofa, um nachzudenken. Vor allem aber machte ich meinen Brief an mich selbst auf, in dem ich mich aufforderte, wenn ich die Hälfte der Produktpalette zurückhaben wolle, solle ich gestern um acht Uhr morgens zum Stellvertretersee kommen, was ich ja getan hatte, ohne irgendein Ergebnis zu erzielen. Ohne irgendein Ergebnis? Ich dachte einen Moment, es könne womöglich richtig gewesen sein, am Stellvertretersee niemanden getroffen zu haben. Vielleicht war ich mit mir selbst verabredet gewesen, um mich entweder als Dieb zu entlarven oder im Gegenteil auf meine diebischen Machenschaften hereinzufallen. Ich wollte den Brief jedenfalls gerade wegwerfen, weil mir die ganze Sache inzwischen vollkommen sinnlos erschien, als ich an ihm einen Duft vernahm, der mich an jemanden erinnerte. Es war ein Duft, der zugleich männlich herb und weiblich zart war. Er wirkte fast wie ein natürlicher Duft und ich entsann mich jetzt, ihn im Garten von Frau X gerochen zu haben. Ich kannte mich mit Parfüms oder natürlichen Gerüchen allerdings nicht aus. Vielleicht konnte mir Christian helfen, aber mir fiel ein, er hatte mir schon vor einer Woche mitgeteilt, er habe heute ein Mittagessen mit Geraldine, der Dienerin von Frau X, in die er sich gestern offenbar verliebt hatte, denn sie hatte in der Tat sehr schöne braune Augen. Ich fühlte plötzlich in mir eine rasende Eifersucht auf Christian aufsteigen, denn auch ich, was ich bisher keiner Menschenseele verraten hatte, konnte seit Tagen an niemand anderen mehr denken als an Geraldine. Christian hatte mir das Restaurant genannt, in dem sie sich treffen wollten. Es war eines der teuersten der Stadt, wo eine Flasche eines ausgesuchten Bordeaux-Weins, für den man schon in einem Weingeschäft ein halbes Monatsgehalt hinblättern musste, bis zu einem Euro kostete. Ich hatte nur das Geld von dem Lottogewinn in der Tasche, denn mein Chef hatte mir seit Monaten kein Gehalt mehr bezahlt. Ich zog den schon halb zerknüllten Geldpacken aus der Tasche und zählte die Scheine. Es waren etwa 2000 Euro. Für ein Mittagessen im Gabrieli, so hieß das teure Restaurant, dürfte es reichen, dachte ich. Ich nahm also die Fähre zum Stellvertretersee. Das Gabrieli befindet sich direkt auf dem Wasser und man muss von der Fähranlegestelle noch ein paar hundert Meter über die Seeoberfläche laufen, um zu dem Restaurant zu gelangen. Ich setzte mich an einen freien Tisch – es war ein Wunder, dass ich um diese Zeit einen freien Tisch für mich gefunden hatte, ohne reserviert zu haben –, aber leider lag Geraldines und Christians Tisch an der gegenüberliegenden Seite des Speisesaals. Wir mussten also brüllen, denn es war sehr laut in dem Restaurant, um uns einander verständlich zu machen. Ich wiederholte eigentlich immer nur den einen Satz, ich liebe dich, Geraldine, und möchte dich heiraten. Schließlich stand Geraldine von ihrem Tisch auf und watete durch das kniehohe Wasser, das in regelmäßigen Abständen vom Stellvertretersee hereinschwappte, auf mich zu. Schon aus einiger Entfernung nahm ich ihren Duft wahr. Also musste auch sie den Brief in den Händen gehalten haben. Hatte sie ihn gar selbst geschrieben und dabei meine Handschrift nur gefälscht? Doch der Gedanke kam mir absurd vor. Andererseits sah ich an ihrer rechten Hand einen Ehering und sie, als sie meinen verzweifelt fragenden Blick sah, was das zu bedeuten habe, flüsterte mir ins Ohr, Christian und ich haben heute Vormittag geheiratet. Ich wollte aufschreien, aber Geraldine hielt mir den Mund zu und küsste mich auf beide Augen, so dass ich einen Moment erblindete.

Als ich die Augen wieder aufmachte, ging ich gerade auf den Lottoladen zu und wollte nachsehen, ob ich inzwischen auch die andere Hälfte der Produktpalette an mich genommen hätte. Das war in der Tat der Fall. Wenn ich das wirklich getan hatte, musste ich gerade sehr verzweifelt sein. Hatte ich dazu nicht allen Anlass? Wo aber hatte ich die nun wieder vereinte Produktpalette versteckt?

Ich musste erneut an Geraldines so betörenden Duft denken und entsann mich in dem Moment wieder, vorgestern hatte ich ihn nicht nur an der Dienerin von Frau X, sondern auch in deren Garten gerochen. Gerade betrat Christian den Lotto-

189

laden, in den auch ich soeben eingetreten war. Er machte einen zufriedenen Eindruck. Das war bei einem Frischvermählten wohl nicht verwunderlich. Er sagte mir auf meine Frage denn auch gleich, der Duft, der mich so betöre, stamme von einer Fraumannrose, die auf der ganzen Welt nur im Garten von Frau X wachse und aus deren Extrakt sie den berühmten Fraumannrosenduft gewinne. Mit den Erlösen aus diesem Parfümverkauf habe sie sich zunächst den Garten und dann die Villa gekauft, die früher einmal ihrem Enkelkind gehört habe, das aber schon vor 50 Jahren nach Australien ausgewandert sei. Als Christian mir diese Geschichte erzählte, entdeckte ich darin doch noch eine verdrehte Parallele zwischen den Fraumannrosen von Frau X, die sie sich zunächst einfach geschnappt haben musste, bevor sie tatsächlich ihr Eigentum geworden waren, und meiner Produktpalette, die ich zunächst mitentwickelt hatte, mir jetzt aber ebenfalls einfach gestohlen hatte. Ich glaubte nun allmählich zu verstehen, wie alles zusammenhing. Mir fehlte jedoch noch ein Element, um mir völlige Klarheit zu verschaffen. Ich ließ Christian in dem Lottoladen und kehrte in seine Wohnung zurück, um in dem Papierkorb nach dem Papierschnipsel mit der Lösung des Falles zu suchen, den ich am Morgen so achtlos weggeworfen hatte. Obwohl ich eine ganze Weile nach ihm wühlen musste, fand ich ihn schließlich auch. Auf dem Zettel stand nur: *Du gehörnter Kaffee!* Sollte das die Lösung sein? Ich verstand nur Bahnhof. Als auch Christian nach Hause kam und mir mitteilte, die Produktpalette befinde sich wieder an ihrem Platz im Lottoladen, atmete ich auf, rief gleich bei der Polizeiwache an, um meine Anzeige zurückzuziehen, und setzte die italienische Mokkakanne auf den Gasherd, die wir um diese Uhrzeit immer tranken. Während der Kaffee in der Kanne hochstieg und anfing zu blubbern, dachte ich bei mir, vielleicht bedeutet die Produktpalette etwas ganz anderes, vielleicht hat sie nur in meinem Kopf bestanden, vielleicht war sie nie verschwunden, vielleicht habe ich sie nur aus Eifersucht geklaut. Ich schüttelte den Kopf über meine widersprüchliche Dummheit und schaltete die Gasflamme aus. Alles ist gut, sagte ich zu Christian, als ich ihm den Kaffee in seine kleine Tasse goss. In dem Moment klingelte es an der Wohnungstür. Es war Geraldine. Ich schenkte ihr auch Kaffee ein und trank selbst noch einen weiteren, um ihren vermutlich nur kurzen Aufenthalt im Wohnzimmer noch etwas zu verlängern. Wir plauderten über dies und jenes. Bald jedoch zog sich das Brautpaar wie erwartet in sein Schlafzimmer zurück. Ich wiederum legte mich aufs Sofa, lag aber nicht nur wegen des ungewohnten zweiten Abendespressos bis in die Morgenstunden wach. Als die Sonne aufging, stand ich auf und kochte Kaffee.

Anamati

Die Landung der Marskapsel auf dem Außenge-
lände der Nationalen Aeronautik- und Raum-
fahrtbehörde wurde in der ganzen Welt übertra-
gen. Zu Ehren der Astronauten veranstaltete man
bald darauf mit viel Konfetti eine Parade auf der
5th Avenue in New York. Mein Vater war ein ge-
radliniger und rationaler Mensch. Unter anderem deswegen hatte man ihn als Leiter für diese
Mission ausgewählt. In einem offenen Wagen
nahmen die Astronauten bei der Parade die Hul-
digungen der Menge entgegen. Ich war damals
zehn Jahre alt und saß auf dem Schoß meines Vaters. In den Augen aller Amerikaner und eines
Großteils der Weltbevölkerung war mein Vater
Jonathan Ribaltoni, der als erster Mensch den Boden des roten Planeten betreten hatte, der Held
des Jahrzehnts, wenn nicht des Jahrhunderts.
Selbst der Ruhm des ersten Mondbetreters Neil
Armstrong verblasste vor seiner nahezu über-
menschlichen Leistung. Auch für mich war mein
Vater der größte Mann auf Erden.

Nach seiner Rückkehr hat sich mein Vater zur
allgemeinen Überraschung rasch aus dem öffentlichen Leben zurückgezogen und sich ein Haus
am Rande des italienischen Dorfes bauen lassen,
in dem seine Eltern geboren und aufgewachsen

waren. Anamati befindet sich in der süditalienischen Region Basilikata. Im November 1980 hatte ein schweres Erdbeben das Dorf, das in den sogenannten Bertaglia-Bergen auf einer Höhe von etwa 900 Metern liegt, teilweise zerstört. Weil meine Großeltern nach dem Erdbeben keine wirtschaftliche Perspektive mehr in Anamati sahen, wanderten sie Mitte der 1980er Jahre nach Amerika aus. Ihr erster und einziger Sohn, der erst in den Vereinigten Staaten geboren wurde, fiel in der Schule rasch durch erstaunliche Leistungen auf, aber ich brauche diese Geschichte hier nicht zu wiederholen. Sie ist allgemein bekannt und tausendfach in den Medien verbreitet worden.

Wenn mein Vater der König der Welt war, so war ich der Prinz der Welt. Meine jugendliche Arroganz, die ich aus Amerika mitbrachte, muss meinen Mitschülern auf dem Gymnasium in Montegrande ungemein auf den Geist gegangen sein. Die Kleinstadt Montegrande, zu der ich jeden Morgen mit einem in die Jahre gekommenen Bus hinfahren musste, lag wie das Dorf, in dem ich seit einigen Monaten wohnte, auf dem Kamm eines langgestreckten Hügels und wirkte in meinen Augen wie ein Ort aus dem Fantasyfilm *Herr der Ringe*. Ich machte über dieses mir vollkommen fremde Panorama in den ersten Tagen große Augen und fühlte mich wie ein Ritter auf einem geflügelten Pferd, der die Prinzessin vor einem feuerspeienden Drachen retten muss, der sie auf einer Felsenburg gefangen hält. Ich musste rasch einsehen, die Wirklichkeit war aus einem ganz anderen Stoff gemacht. Wenn sich der Bus am Morgen und am Nachmittag träge auf der kurvenreichen und löchrigen Straße vorwärtsbewegte und meine Mitschüler und Mitschülerinnen im Businneren in ihrem unverständlichen Dialekt wild durcheinanderschrien, fühlte ich mich inmitten einer Horde schrecklicher Barbaren am hintersten Ende des Universums. Ich saß allein in der vorletzten Reihe des Busses und musste sehr an mich halten, um nicht in tausend Tränen auszubrechen, was mich, das spürte ich deutlich, vor den Augen meiner Klassenkameraden endgültig als großstädtisches Weichei und verwöhntes Astronautensöhnchen disqualifiziert hätte. Besonders die männlichen Mitschüler betrachteten mich mit großem Argwohn und man sah ihnen an, sie hätten mich am liebsten drei Mal am Tag windelweich geprügelt, wenn man ihnen nicht eingebläut hätte, dass sie mich als Sohn des berühmtesten Mannes der Welt auf keinen Fall auch nur berühren durften. Aber neben der physischen Gewalt gab es tausend andere Methoden der psychologischen Folter, um mein nach dem Höhenflug auf der 5th Avenue gewaltig aufgeblähtes Ego wieder auf Normalmaß zu stutzen.

If you can't beat them join them, heißt ein amerikanisches Sprichwort, das ich nach kurzer Zeit zu beherzigen anfing. Ich lernte den lukanischen Dialekt, auch wenn mir immer ein gewisser amerikanischer Akzent blieb, und ich lernte rasch, mich genauso rotzfrech auszudrücken und zu benehmen wie die anderen. Meine Mutter, die eine waschechte Amerikanerin aus Wisconsin war, erkannte mich bald nicht wieder und war entsetzt über meine neuen Manieren, meine sexualisierte Sprache.

Was hat meinen Vater dazu bewogen, in dieses Dorf am anderen Ende der Welt zu ziehen, in dem er in seiner Kindheit höchstens alle paar Jahre in den Sommerferien gewesen war, zu dem er also kaum eine vertiefte Beziehung haben konnte? Es ist in ihm in diesen Sommerzeiten wohl ein sehr idyllisches Bild dieses sehr traditionellen Ortes entstanden, das ein Gegenbild zu seiner auf Effizienz und Perfektion getrimmten amerikanischen Schul- und Berufswelt darstellte. Hier in Anamati war die Welt noch in Ordnung, hatte sie noch einen (Gemeinschafts-)Sinn, der in seinen Augen im atomisierten Amerika vollständig verloren gegangen war. Das wird ein Grund gewesen sein, weswegen er hierhergezogen war. Ein anderer, wohl nicht weniger wichtiger Grund war, auf einem Berg oberhalb von Anamati hatte man in den 1990er Jahren ein astronomisches Observatorium gebaut.

Ich muss dazu anmerken, die Monate im All hatten meinen Vater verändert. Das merkte sogar ich, obwohl ich noch recht klein war. Das All war zur neuen Heimat meines Vaters geworden. Wenn es möglich gewesen wäre, hätte Vater den Rest seines Lebens auf dem Mars verbracht. Oder wäre wenigstens auf der Internationalen Raumstation unendliche Male um die Erde gekreist. Meine Mitschüler hätten gesagt, er hat im Weltall die nackte Venus gesehen, aber hätte einer von ihnen gewagt, mir gegenüber so etwas zu sagen, ich hätte ihn nach Strich und Faden verprügelt. Doch es gab in der Tat irgendeine Kraft, die meinen Vater nicht wieder auf der Erde ankommen ließ. Ich habe keine Ahnung von der Psychologie des Menschen und kann es vielleicht nur ganz allgemein formulieren, die Weite des Weltalls, seine Schönheit, seine unendliche Ruhe müssen meinem Vater ungemein imponiert haben. Die Erde muss ihm klein und armselig erschienen sein gegenüber dem, was er dort draußen kennen gelernt hatte. Er konnte die Erde nicht mehr verlassen, aber er wollte so weit weg wie möglich von dem Trubel, der ihn nach seiner Heldentat in seinem amerikanischen Leben erwartete.

So pilgerte er jetzt fast jeden Tag zu dem Observatorium auf dem Monte d'Arco, um bei seinen Sternen und Planeten zu sein. Er blieb dort oft die ganze Nacht und kam erst am Morgen zurück, legte sich ins Bett und wollte bis in den Nachmittag hinein nicht gestört werden. Mutter und ich sahen ihn kaum noch. Der Leiter des Observatoriums war ein alter Freund meines Vaters und sie müssen sich viele Stunden über astronomische Fachfragen unterhalten haben, von denen Mutter und ich keinen Deut verstanden.

Ich muss ein Wort zu meiner Mutter sagen. Wie viele Menschen im amerikanischen Bundesstaat Wisconsin war sie deutschen Ursprungs. Ihre Vorfahren waren wohl aus Ostpreußen in die Vereinigten Staaten eingewandert. So hat es mir meine Mutter jedenfalls erzählt. Sie sprach jedoch kein einziges Wort Deutsch, sondern das breite Amerikanisch des mittleren Westens. In der Schule hatte sie etwas Französisch gelernt, aber die italienische Sprache und erst recht der lukanische Dialekt blieben ihr lange ein Buch mit sieben Siegeln, bis sie eine ehemalige Lehrerin kennen lernte, die 30 Jahre lang an der Grundschule von Anamati unterrichtet hatte. Maria D'Angelo und meine Mutter Gretchen trafen sich mehrfach die Woche und innerhalb kurzer Zeit hatte Mutter einen ausreichenden Wortschatz entwickelt, um auch mit den anderen Frauen des Dorfes kommunizieren zu können. Maria D'Angelo, die im Dorf auf Grund ihrer früheren Stellung eine Respektsperson war, denn viele Frauen hatten bei ihr das Lesen, Schreiben und Rechnen gelernt, musste meine Mutter, die lange Zeit in Anamati eine Außenseiterin geblieben war, erst behutsam einführen in die Kreise der Frauen und so wurde auch Mutter mehr und mehr ein Teil dieses Dorfes. Trotzdem fühlt sie sich auch heute noch vor allem als Amerikanerin.

Da ich bei meiner Ankunft noch ein *ragazzino*, ein kleiner Junge gewesen war, verlief die Eingewöhnung bei mir deutlich rascher und schlug tiefere Wurzeln. Mit 15 hatte ich ein eigenes *motorino elettrico*, ein elektrisches Moped, mit dem ich selbstständig zur Schule fahren konnte und nicht mehr auf den Bus angewiesen war. Mutter hatte zwar eine höllische Angst, ich könne auf den kurvenreichen und nicht sehr breiten Straßen mit einem Auto oder einem Lastwagen zusammenstoßen, aber ich hatte mehrfach großes Glück und es geschah mir nichts, bevor ich mit 18 Jahren dann den alten Tesla von meinem Vater übernehmen konnte und sich mein Mobilitätsradius plötzlich enorm erweiterte. Am Wochenende fuhr ich mit meinen Freunden jetzt manchmal ans Meer, das nicht gerade um die Ecke lag, und wir genossen diese lang herbeigesehnte Freiheit und dieses Gefühl, plötzlich auch Teil einer größeren Welt zu sein. Ich hatte mich so sehr in die Welt von Anamati integriert, dass mir meine amerikanische Vergangenheit manchmal nur noch eine *distant memory* schien, mit der ich eigentlich nichts mehr zu tun hatte. Im Nachhinein denke ich, vielleicht war es auch die Absicht meines Vaters gewesen, dass ich als ganz normaler Mensch heranwachsen und nicht von Vaters großer Vergangenheit belastet werden sollte. Wenn das seine Absicht war, so ist sein Plan fast vollständig aufgegangen. Ich sage fast, denn tief in mir drin glaubte ich noch immer, ich sei der Sohn eines Auserwählten und somit selbst ein Auserwählter.

Es war in einer Sommernacht von Sonntag auf Montag, dass ein Unglück geschah, das mir diese Flausen endgültig ausgetrieben hat und mich lange hat zweifeln lassen, ob ich überhaupt noch würdig sei, als Mensch unter Menschen zu sein.

Meine Freunde und ich kamen in dieser Nacht vom Meer zurück. Ich fuhr, denn ich ließ niemand anderen mein Auto steuern, obwohl ich sehr müde war. Meine Freunde – wir saßen zu sechst in dem Auto – waren noch immer sehr aufgedreht und rissen lauter obszöne Witze, über die sie ausgiebig lachen mussten. Ich hingegen musste ständig aufpassen, dass ich nicht einschlief, und sagte eigentlich keinen Ton. Irgendwann muss ich tatsächlich kurz eingenickt sein und das Nächste, woran ich mich erinnern konnte, war ein gewaltiger Aufprall, der das ganze Auto erschütterte und meine feiernden Freunde augenblicklich zum Schweigen brachte. Ich war auf einmal hellwach und bekam eine panische Angst, ich könnte auf der unbeleuchteten Straße jemanden umgefahren haben. Wir waren nicht mehr weit von Anamati entfernt und es kam gerade in solchen Sommernächten häufig vor, dass ein Liebespaar oder auch ein einzelner Mensch auf der Straße entlanglief, um den unglaublichen Sternenhimmel zu betrachten oder einfach nur die absolute Stille dieses Ortes zu genießen. Wir stiegen alle aus, um zu sehen, ob irgendwo ein schwerverletzter oder gar toter

Mensch auf der Straße lag, aber wir konnten nichts entdecken. Zu unserer allergrößten Überraschung zeigte auch das Auto keinerlei Spuren eines Zusammenstoßes. Meine Freunde leiteten daraus rasch den Schluss ab, es habe gar keinen Zusammenstoß gegeben, ich sei nur, im Halbschlaf, aus Versehen scharf auf die Bremse getreten. Meine Freunde lachten mich aus und einer von ihnen witzelte, aus mir werde wohl nie ein Astronaut werden, wie es mein großer und berühmter Vater gewesen sei. Irgendwie versetzte mir diese Stichelei tatsächlich einen Stich ins Herz, als ob es mir vorbestimmt sei, dass aus mir nichts werden würde, als ob ich mich mit meinem Vater einfach nicht messen könne. Ich fühlte einen tiefen Hass auf ihn in mir aufsteigen und einen Moment lang hoffte ich, es sei Vater gewesen, den ich bei diesem Zusammenstoß umgefahren hätte, denn im Gegensatz zu meinen Freunden war ich überzeugt, es hatte einen solchen Zusammenstoß tatsächlich gegeben. Ich tat aber so, als ob auch ich glaubte, die Freunde hätten recht. Kurze Zeit später waren wir in Anamati angekommen. Ich verabschiedete mich von meinen Freunden, fuhr das Auto in die Garage und legte mich ins Bett. Drei Stunden später klingelte der Wecker. Ich musste zur Schule. Es war mein vorletztes Jahr. Nächsten Sommer hätte ich mein Abitur in der Tasche.

Als ich am Nachmittag nach Hause kam, sah ich, Mutter weinte in der Küche. Vater war noch nicht vom Observatorium nach Hause gekommen. Sie mache sich große Sorgen, ob ihm etwas geschehen sein könne. Sie habe beim Leiter des Observatoriums angerufen. Der habe gesagt, Vater sei bereits mitten in der Nacht aufgebrochen, weil ihm nicht wohl gewesen sei. Er sei wie üblich zu Fuß nach Hause gegangen. Eine unbeschreibliche Angst stieg in mir hoch. Vaters Weg vom Observatorium ins Dorf führte genau an dem Straßenabschnitt entlang, auf dem mir in der Nacht der Unfall passiert war. Ohne ein Wort zu sagen, weil ich dazu einfach nicht in der Lage gewesen wäre, sprang ich wieder ins Auto und fuhr, so schnell ich konnte, zu der Unfallstelle. Vielleicht lag Vater hier irgendwo schwerverletzt in einem Graben, vielleicht war er noch am Leben, vielleicht hatten wir ihn in der Nacht beim Licht unserer Feuerzeuge einfach übersehen. Wenn ich für diesen Zusammenstoß verantwortlich war, musste ich ihn retten, koste es, was es wolle. Zum Glück war es Sommer, d. h. es würde noch für einige Stunden hell sein. Als ich an dem Unglücks-ort, wie ich ihn innerlich inzwischen nannte, ankam und ausstieg, zitterte ich am ganzen Leib und konnte kaum einen klaren Gedanken fassen. Ich nahm mich aber, so gut ich konnte, zusammen und suchte die gesamte Umgebung ab, ohne jedoch auch nur die geringste Spur und seien es nur Blutspuren meines Vaters entdecken zu können. Anstatt dass mich diese Tatsache beruhigte, geriet ich noch mehr in Panik. Als es dunkel geworden war, stieg ich wieder ins Auto, aber meine rechte Hand zitterte so sehr, dass ich den Schlüssel nicht ins Zündschloss stecken konnte. Ich wartete etwa eine halbe Stunde, bis ich mich so weit beruhigt hatte, um nach Hause fahren zu können. Mutter saß noch immer zusammengeknickt in der Küche und hatte wohl die ganze Zeit geweint, weil sie befürchtet haben musste, auch noch ihren Sohn verloren zu haben, der sich so wortlos entfernt hatte und so lange weggeblieben war.

Das Verschwinden meines Vaters sorgte in der ganzen Welt für ein gewaltiges Aufsehen. Von überallher kamen Journalisten, Blogger und Fernsehteams nach Anamati, die uns alle interviewen und die Hintergründe dieses Falles aufklären wollten. Ich konnte nur noch unter Polizeischutz zur Schule fahren und auch vor unserem Haus standen ständig zwei Carabinieri, die den letzten Rest unserer Privatsphäre beschützen sollten. Mutter hat im Laufe von drei Monaten zwanzig Kilo abgenommen, während ich, der ich bis dahin nur bei unseren Ausflügen zum Meer selten mal am Strand eine Zigarette geraucht hatte, zum Kettenraucher wurde. Obwohl der italienische Polizeipräsident persönlich die Ermittlungen zu diesem Vermisstenfall leitete, fand man von meinem Vater keine Spur. Was haben meine Mutter und ich in diesen Monaten geweint und uns hilflos in den Armen gelegen.

Für mich stand zweifelsfrei fest, ich war für den Tod meines Vaters verantwortlich, denn ebenso wenig zweifelte ich daran, dass mein Vater tot war, auch wenn das Fehlen einer Leiche meiner felsenfesten Überzeugung zu widersprechen schien. Ich hatte andererseits einfach nicht den Mut, der Polizei oder den Carabinieri von dem Unfall zu erzählen. Ich suchte die entsprechende Umgebung immer wieder ab, konnte aber nie ein Zeichen meines Vaters finden. Ich hatte allerdings Alpträume, in denen Vater mich seines Todes beschuldigte. Meine Freunde, die mit mir in der fraglichen Nacht im Auto gesessen hatten, hielten alle dicht, was ich ihnen bis heute hoch anrechne. Irgendwann hielt ich es jedoch nicht mehr aus und ging zum Dorfpriester, um ihm meine Schuld zu beichten. Ich hatte mich in meinem Leben noch nie in den Beichtstuhl gesetzt. Vielleicht war die Tatsache, dass ich mein Verbrechen wenigstens einem offiziellen Menschen anvertraute, meine Rettung. Der Priester, der mich auf der Straße immer mal wieder gegrüßt hatte, weil ich immerhin der Sohn des Astronauten war, hörte mir aufmerksam zu, ohne mich zu unterbrechen. Als ich alles gesagt hatte, vernahm ich hinter dem Holzgitter, das mich von dem Priester trennte, einen leisen Seufzer, als ob ihm das, was ich ihm von meinem seelischen Befinden sagte, schon aus vielen anderen Fällen bekannt sei. Dann sagte er laut, du bist ein Kindskopf! Wenn du für den Tod deines Vaters verantwortlich bist, fresse ich einen Besen. Im Übrigen bin ich sicher, er lebt noch. Das spüre ich und mein Gespür trügt mich selten.

Die Wirkung der Worte des Priesters auf mein Gemüt waren gewaltig. In einem ersten Moment wehrten sich meine tiefsitzenden Schuldgefühle zwar gegen das, was er mit so schlichten, aber ehrlichen Worten gesagt hatte, aber nach kurzer Zeit breitete sich ein Gefühl der Befreiung in meiner Brust aus, keimte in mir die Hoffnung auf, wir würden Vater wiederfinden.

Ich sprach nach dieser Beichte auch mit Mutter offener über Vater. Ohne dass wir dem zu der damaligen Zeit Bedeutung beigemessen hätten, war uns in der Zeit vor seinem Verschwinden aufgefallen, er hatte angefangen mehr zu trinken, stieß öfters Flüche aus, was er nie zuvor getan hatte, gab Mutter in meiner Gegenwart nicht selten einen Klaps auf den Hintern, machte mir gegenüber zotige Bemerkungen besonders über die jungen Frauen des Dorfes. Wie wir im Nachhinein feststellten, schien Vater, der immer die Selbstbeherrschung in Person gewesen war, allmählich die Kontrolle über sich selbst verloren zu haben. Ja, er, der über ein ausgezeichnetes Gedächtnis verfügte, hatte manchmal sogar Wortfindungsschwierigkeiten. Das waren alles Details gewesen, die sich erst jetzt, als wir intensiver darüber sprachen, zu einem Gesamtbild zusammenfügten. Was sollten wir mit diesen Erkenntnissen anfangen? Sollten wir damit zur Polizei gehen oder würde man uns auslachen? War Vater möglicherweise ein Fall für die Psychiatrie oder die Geriatrie, obwohl er zu dem Zeitpunkt erst Anfang 50 war? Nach weiteren Tagen des Überlegens beschlossen wir, in die Provinzhauptstadt Potenza zu fahren und einen Psychiater um Rat zu fragen. Anhand unserer Symptombeschreibung meinte dieser ausschließen zu können, dass Vater dement geworden sei oder unter einer Psychose leide, aber gerade ab einem gewissen Alter sei eine vorübergehende Verwirrtheit nicht ganz selten und solche Menschen würden dann auch einfach in einen Bus steigen und wer weiß wohin fahren. Er rate uns aber, mit diesen neuen Einsichten zur Polizei zu gehen, die ganz andere Mittel habe, um eine verschwundene Person ausfindig zu machen.

Drei Monate später nahm die Stockholmer Polizei im Stadtzentrum einen weißbärtigen, zerzausten und volltrunkenen Obdachlosen wegen Störung der öffentlichen Ordnung fest. Mutter und ich konnten unser Glück kaum fassen, als wir vom italienischen Innenminister persönlich angerufen wurden, der uns mitteilte, beim Vergleichen der Fingerabdrücke des Festgenommenen mit den internationalen Datenbanken habe sich die wahre Identität des Mannes herausgestellt.

Um unser Ansehen im Dorf nicht vollends zu ruinieren, streuten wir nach Vaters Rückkehr – er war inzwischen wieder frisch rasiert und auch psychisch so weit wieder auf dem Posten – das Gerücht, er sei in den letzten Monaten in einer geheimen Mission für die NASA unterwegs gewesen. Diese Fake News verbreitete sich in Windeseile in den sozialen Medien und dann auch über die Medien. Bald hielt die ganze Welt diese vermeintliche Meldung für die pure Wahrheit oder *oro colato* also „geschmolzenes Gold", wie man im Italienischen sagt. Es kursierten die verrücktesten Vermutungen, um was für eine Geheimmission es sich gehandelt haben könnte, in der mein Vater unterwegs gewesen sein sollte.

Ich bestand derweil das Abitur und studierte in Neapel. Bald jedoch hatte ich genug von der Universität und machte mich als Immobilienmakler selbstständig. Rasch verdiente ich genügend Geld, um heiraten und eine Familie gründen zu können. Unsere beiden Töchter, die inzwischen so alt sind, wie ich es war, als ich nach Italien kam, lieben es, wenn wir am Wochenende zu den Großeltern nach Anamati fahren. Großvater zeigt ihnen dann am Sternenhimmel den roten Mars, auf den er vor so vielen Jahren seinen Fuß gesetzt habe, wie er behauptet, aber meine beiden Töchter sind nicht auf den Kopf gefallen und glauben ihm kein Wort.

Inhaltsverzeichnis

Großvaters Rückkehr 7

Im Froschhals 26

Fenster 57

Das Stadtküken 71

Geschenkte Jahre 95

Eisenpferd 101

Regen 106

Erich 110

Busfreunde 118

Der Teufel an der Tafel 130

Stefans Lachen 139

Der verstorbene König 150

Auf der Suche nach dem Paradies 157

Sprechklavier 173

Kaffeehörner 179

Anamati 193